AF197991

Tucholsky Wagner Zola Scott Sydow Freud Schlegel

Turgenev Wallace Fonatne

Twain Walther von der Vogelweide Fouqué Friedrich II. von Preußen

Weber Freiligrath

Fechner Fichte Weiße Rose von Fallersleben Kant Ernst Frey

Richthofen Frommel

Engels Fielding Hölderlin

Fehrs Faber Flaubert Eichendorff Tacitus Dumas

Feuerbach Maximilian I. von Habsburg Fock Eliasberg Zweig Ebner Eschenbach

Ewald Eliot Vergil

Goethe Elisabeth von Österreich London

Mendelssohn Balzac Shakespeare Dostojewski Ganghofer

Trackl Lichtenberg Rathenau Doyle Gjellerup

Stevenson Hambruch

Mommsen Tolstoi Lenz Droste-Hülshoff

Thoma Hanrieder

Dach von Arnim Hägele Hauff Humboldt

Reuter Verne Hagen Hauptmann Gautier

Karrillon Garschin Rousseau

Defoe Baudelaire

Damaschke Descartes Hebbel

Hegel Kussmaul Herder

Wolfram von Eschenbach Dickens Schopenhauer Rilke George

Darwin Melville Grimm Jerome

Bronner Bebel Proust

Campe Horváth Aristoteles

Bismarck Vigny Barlach Voltaire Federer Herodot

Gengenbach Heine

Storm Casanova Tersteegen Grillparzer Georgy

Lessing Gilm

Chamberlain Langbein Gryphius

Brentano Lafontaine

Strachwitz Claudius Schiller Kralik Iffland Sokrates

Bellamy Schilling

Katharina II. von Rußland Gerstäcker Raabe Gibbon Tschechow

Löns Hesse Hoffmann Gogol Wilde Gleim Vulpius

Luther Heym Hofmannsthal Klee Hölty Morgenstern Goedicke

Roth Heyse Klopstock Kleist

Luxemburg Puschkin Homer Mörike Musil

La Roche Horaz

Machiavelli Kierkegaard Kraft Kraus

Navarra Aurel Musset

Lamprecht Kind Kirchhoff Hugo Moltke

Nestroy Marie de France

Laotse Ipsen Liebknecht

Nietzsche Nansen

Marx Ringelnatz

von Ossietzky Lassalle Gorki Klett Leibniz

May vom Stein Lawrence Irving

Petalozzi Platon Knigge

Sachs Pückler Michelangelo Kafka

Poe Liebermann Kock

de Sade Praetorius Mistral Zetkin Korolenko

Der Verlag tradition aus Hamburg veröffentlicht in der Reihe **TREDITION CLASSICS** Werke aus mehr als zwei Jahrtausenden. Diese waren zu einem Großteil vergriffen oder nur noch antiquarisch erhältlich.

Symbolfigur für **TREDITION CLASSICS** ist Johannes Gutenberg (1400 — 1468), der Erfinder des Buchdrucks mit Metalllettern und der Druckerpresse.

Mit der Buchreihe **TREDITION CLASSICS** verfolgt tradition das Ziel, tausende Klassiker der Weltliteratur verschiedener Sprachen wieder als gedruckte Bücher aufzulegen – und das weltweit!

Die Buchreihe dient zur Bewahrung der Literatur und Förderung der Kultur. Sie trägt so dazu bei, dass viele tausend Werke nicht in Vergessenheit geraten.

Der Skandal im Viktoria-Klub

Der Roman eines Spielers

Edmund Edel

Impressum

Autor: Edmund Edel
Umschlagkonzept: toepferschumann, Berlin

Verlag: tredition GmbH, Hamburg
ISBN: 978-3-8472-3569-9
Printed in Germany

Ziel der TREDITION CLASSICS ist es, tausende deutsch- und
fremdsprachige Klassiker wieder in Buchform verfügbar zu
machen. Die Werke wurden eingescannt und digitalisiert. Dadurch
können etwaige Fehler nicht komplett ausgeschlossen werden.
Unsere Kooperationspartner und wir von tredition versuchen, die
Werke bestmöglich zu bearbeiten. Sollten Sie trotzdem einen Fehler
finden, bitten wir diesen zu entschuldigen. Die Rechtschreibung der
Originalausgabe wurde unverändert übernommen. Daher können
sich hinsichtlich der Schreibweise Widersprüche zu der heutigen
Rechtschreibung ergeben.

Text der Originalausgabe

Edmund Edel

Der Skandal im Viktoria-Klub

Der Roman eines Spielers

Edmund Edel

Der Skandal im Viktoria=Klub

Der Roman eines Spielers

25. Tausend

Kurt Ehrlich, Verlag / Berlin=Charlottenburg 2
Grolmannstraße 36

Die Titelzeichnung ist von Lotte Wittig
Druck der Spamerschen Buchdruckerei in Leipzig

1. Kapitel.

Der Generalkonsul frühstückte.

Mit der den alten Junggesellen eigentümlichen Sorgfalt schälte er das Ei, das in einem braunen Fayencebecher steckte, aus der Schale und löffelte es bedächtig.

Dann trank er einen Schluck Tee, aß eine Scheibe blutroten Schinken und griff zur Morgenzeitung.

Die Zigarre bildete den Schlußakkord dieses kleinen lukullischen Auftaktes zur Behaglichkeit des Tages. Eines Tages, wie es ein von den Unbilden der Zeitläufte nicht zu arg berührten Bürgers darstellte.

In die Stille dieser Behaglichkeit, die das sonnenerhellte Speisezimmer erfüllte, trat Werner.

Lässig, etwas im müden schleppenden Ton, sagte er:

»Guten Morgen, Onkel!«

Der Generalkonsul blickte unter dem goldenen Einglas, das seinem alten Bonvivantgesicht eine gewisse Forsche gab, erstaunt und zugleich neugierig auf den Eingetretenen.

»Schon auf oder – noch auf?«

Der Generalkonsul liebte es, den Ernst des Lebens durch einen an richtiger Stelle angebrachten Scherz zu mildern.

Werner setzte sich dem Onkel gegenüber. Der alte Diener Fritz, ein Inventar des Hauses, so abgebraucht wie die Teppiche und Möbel hier in der Villa, aber ebenso gediegen in der Qualität wie diese Gegenstände, legte lautlos ein Gedeck auf und servierte dem jungen Herrn das Frühstück.

»Wie Du willst, Onkel – schon auf – aber auch noch auf. Ich habe wenig geschlafen.«

Der Generalkonsul wußte sofort, um was es sich handelte.

»Natürlich wieder die alte Geschichte?«

Werner holte die Tasse zu sich heran, rückte mit dem Stuhl.

»Also wieviel?« fragte der Onkel.

Werner lächelte verlegen. Nannte eine Summe. Eine starke, kräftige vierstellige Zahl. Der Generalkonsul blickte ihn überrascht an.

»Verspielt? – – Ehrenschulden?«

Werner nickte.

Der Generalkonsul erhob sich brüsk. Trat zu seinem Neffen, legte ihm die Hand auf die Schultern.

»Das geht so nicht weiter, Werner!«

Werner zuckte mit den Schultern.

Der Generalkonsul stieß den Rauch in einer mächtigen Wolke gegen die Decke des Zimmers.

»Ich verstehe Dich nicht – man muß in Deinen Jahren wissen, was man tut – – wenn man überhaupt etwas tut ...?«

Dieses Lotterleben dulde er nicht mehr. Er wäre, das wüßte der Neffe, selbst in seinem Leben kein Freund von Traurigkeit gewesen, er hätte alle Dummheiten mitgemacht, die auf der Welt nur möglich waren. Aber schließlich hätte er gearbeitet. Und wäre zu etwas gekommen. Wenn der Mensch an die Dreißig rückt, muß er daran denken, festen Fuß zu fassen. Das Schulden machen wäre kein Beruf für einen Kerl, der Begabung und Intelligenz zeigt. Beim Teufel: das ginge so nicht weiter, wiederholte der Generalkonsul.

Es war eine richtige Moralpredigt. Dabei durchmaß der alte Herr das Zimmer von einem Ende zum andern, saugte an der dicken Zigarre und erfüllte den Raum mit graublauen Rauchwolken.

Werner saß schweigend am Tisch, auf seine Teetasse gebückt.

»Du wirst Dich mit Liddi Leitner verloben – schleunigst, mein Junge! Der alte Kommerzienrat hat neulich in einem Brief an mich wieder angetippt!«

Werner schob die Teetasse mit einer plötzlichen Bewegung zurück und lehnte sich an den Rücken des Sessels. Schaute zu seinem Onkel hinüber, der sich wieder an den Tisch gesetzt. Werner sagte kein Wort.

»Na, das Schlimmste ist das auch nicht, mein Sohn! Das Mädel ist wie eine Puppe, allerhand Hochachtung!«

Der alte Lebemann schnalzte mit der Zunge.

Werner mußte ungewollt lächeln.

Der Onkel blitzte ihn unter dem Monokel wie ein lüsternes Teufelchen an.

»... und ein goldenes Püppchen dazu, mein Junge!«

Der alte Leitner wolle seinen Schwiegersohn in den Betrieb mithineinnehmen. Mitdirektor der großen Leitnerschen Werke zu werden, wäre immerhin wert, in den sauren Apfel der Ehe zu beißen – und dieser saure Apfel sei außerdem zuckersüß ...

Der Generalkonsul lachte in lauten Wirbeln über diesen Witz und schlug sich mit der Hand auf den Schenkel, daß es klatschte.

Als Werner keine Anstalten machte, sich zu äußern, sondern vielmehr weiter wie eine Pagode stumm vor ihm saß, sprang der Onkel auf, blieb stehen. Seine Züge verloren den Ausdruck der Milde und überlegenen Weltweisheit, sie wurden hart und entschlossen.

»Entweder oder: Du heiratest und wirst ein anständiges Mitglied der Gesellschaft –!«

Werner wußte, daß das letzte gekommen war. Er kannte seinen Onkel und seine kalte Rücksichtslosigkeit in Geschäftsangelegenheiten. Wenn er einmal einen Entschluß gefaßt, eine Sache bis zu einem gewissen Punkt geführt, gab es für ihn kein Zurück mehr. Biegen oder Brechen, das war das Leitmotiv aller Handlungen des Generalkonsul Kunzmann gewesen, der trotz aller Bonhomie und äußeren glatten Umgangsform mit eiserner Willenskraft sein Lebenswerk besorgt hatte.

Werner dachte an die blonde junge Dame, die er im Vorjahre im Hotel Stephanie in Baden-Baden kennen gelernt. Mit der er einen Tanzpreis erstritten, den silbernen Pokal im Tennisturnier erkämpft, im Golfklub in Oos auf den entzückenden Nachmittagstees geflirtet hatte. Ein Flirt, wie so viele andere. Weiter nichts!

Man beneidete ihn um die hübsche Blondine und um den Goldfisch, denn die Düsseldorfer Leitners waren »schwer«, wie sie im »Internationalen« erzählten. Aber Werner dachte über die Affäre nicht weiter nach. Der Internationale Club und die Iffezheimer Rennen nahmen ihn zu sehr in Anspruch, als daß er diesem Flirt mehr als nötig Rechnung trug. Auch hatte er verteufeltes Pech während der ganzen Zeit und er verwünschte diese Liebelei, die dem Spielglück schon, um das Sprichwort nicht zu entkräften, nicht zum Heil dienen konnte.

Schon vor kurzem hatte der Onkel ihm angedeutet, daß der Kommerzienrat, Liddis Vater und des Generalkonsuls alter Jugendfreund, geschrieben hätte, seine Tochter schiene eine ernste Neigung zu Werner gefaßt zu haben.

Die arme junge Dame, dachte Werner. Sie überschätzt mich. Sie hält mich einer Liebe für wert, zu der ich mich in keiner Weise verpflichtet fühle.

Er hatte niemals geliebt. Er pflückte die Frauen, schnell, im Sturm, vorübergehend. Ließ sie wie ausgerupfte Blumen, an deren Farbe und Duft man sich ergötzt, am Boden liegen, schritt über sie hinweg.

Er empfand keine Leidenschaft für die Frauen, kannte die Grundtiefen der Liebe nicht, nippte an der Liebe nur, wie am Sekt, dessen aufsteigende Perlen ihn in flüchtigen Rausch versetzten.

Seine Leidenschaft war das Spiel, Karten und Pferde – – –

Der Generalkonsul hielt seinen Neffen mit festem Blick in Bann. Wie mit einer eisernen Klammer drückte er ihm die Notwendigkeit des Entschlusses aus.

Werner sah keinen Ausweg.

Nervös lächelte sr.

»Die blonde Liddi liebt mich noch immer?« sagte er endlich, wieder mit diesem nachlässig müden Tonfall, der ihm zur Gewohnheit geworden.

»Dann wird mir wohl nicht anderes übrig bleiben,« fuhr er fort.

Ueber des Generalkonsuls Gesicht streifte ein Sonnenstrahl. Tauchte es in goldenes Flimmern. Fing sich zu einem Blitzlicht in dem runden Einglas.

»Bravo, mein Junge, das ist vernünftig. Ich werde gleich an den alten Leitner telegraphieren – – – Und den Scheck kannst Du Dir nachher im Büro abholen – – Ich hoffe bestimmt, daß es der letzte Scheck sein wird, mit dem Du Spielschulden bezahlen wirst – zukünftiger junger Ehemann und Direktor der Leitnerwerke!!«

Werner stand auf, um seine Lippen zog sich ein leiser Zug von Ironie. Aber er bezwang sich. Er steckte sich eine Zigarette an und versuchte die innerliche Erregung, die ihn gepackt, mit ein paar Zügen Nikotin herunterzuschlucken. Es war ein Ereignis in sein Leben getreten, das aus der glatten Bahn, die er bisher sanft gerutscht war, ein Hindernis darstellte.

Nun wohl, er wollte sehen.

Aus der heutigen Patsche war er wieder heraus.

Das eine Loch konnte er mit des Onkels Scheck wieder zustopfen.

Und die Heirat?

Gott! Er hatte so manchesmal sein Letztes aus eine Karte gesetzt!

Glück? – – Kartenglück? – – Lebensglück? ...

2. Kapitel.

Man war in ausgezeichneter Stimmung. Das Diner, vom Direktor des Hotel Adlon für Generalkonsul Kunzmann, den altgewohnten Gast, besonders zusammengestellt, hatte die Erwartungen übertroffen. Aber der Generalkonsul wollte diesem Abend, an dem sein Neffe und Erbe seinen Lieblingswunsch erfüllte, ein persönliches Gepräge geben. Seine Note war das Epikuräertum. Gut Essen und Trinken, ein Lebensideal neben der schweren und verantwortungsvollen Arbeit, die ihn zu großem Vermögen und Ansehen gebracht hatte.

Man trank einen vorzüglichen Grand Marnier – zur Verdauung von dem »ganzen Zeug«, wie der Generalkonsul sagte und Fräulein Liddi Leitner lachte wie ein Wasserfall, der in glucksenden Kaskaden von der Höhe kullerte.

»Wie ein Wasserfall – – ja« meinte Werner »oder wie eine verliebte Nachtigall im Busch ... gerade so klingt Dein Lachen, Liddi.«

»Gott, wie poetisch!« hänselte ihn Liddi. »Das hast Du doch jetzt nicht mehr nötig, wo wir nun ehrsam Braut und Bräutigam sind, Werner! Das hätte Dir beim Flirten einfallen müssen, damals, als Du noch keine sogenannten reellen Absichten hattest ...«

Mit ihrem breiten melodisch ausklingenden rheinischen Akzent schien sie eine Atmosphäre von sorgloser Fröhlichkeit um sich herum zu zaubern. Ein gewandtes Menschenkind, gerecht in allen Sätteln gesellschaftlicher Kunst, nicht auf den Kopf gefallen, gescheit und schlagfertig. Sie liebte Werner mit der Leidenschaft, die junge Mädchen aus guter Familie für den ersten, der aus dem Instrument ihrer Seele leise Akkorde anzuschlagen versteht, eben lieben. Sie glauben, daß dieser erste der letzte sein würde, und daß damit das männliche Ideal erschöpft bliebe.

Liddi blickte aus munteren graublauen Augen in die Welt wohlgesitteter Kulturmöglichkeiten, sie war, unter normalen Ansprüchen, ein schönes Mädchen mit schlanken Hüften, etwas zur Fülle neigender Büste und prachtvollem, goldblondem Haar.

Die beiden alten Herren am Tisch machten abwechselnd der jungen Dame den Hof. So daß selbst Werner, der frischgebackene Bräutigam, einen schweren Stand hatte, seiner Galanterie den richtigen Ausdruck zu verleihen. Es war beinahe komisch, wie der Papa Kommerzienrat seine Tochter, die einzige Gefährtin nach dem Tode seiner Frau, nicht wie ein Kind, sondern wie eine verehrungswürdige junge Dame behandelte, der man jeden Wunsch und jede Laune von den Augen abzulesen sich beeilt. Dabei behandelte Liddi den armen Papa mit souveränem Uebermut, den der gute Kommerzienrat, in seinem Großbetrieb ein strenger Lenker von vielen tausend Arbeiterschicksalen, mit Geduld ertrug. Der Generalkonsul aber war ganz aus dem Häuschen. Er hatte Liddi mit kostbaren Geschenken überschüttet und die beiden Tage, seitdem sie mit ihrem Vater in Berlin weilten, zu wahren Stunden des Glückes gemacht.

Werner, nachdem er einmal die Notwendigkeit eingesehen, hatte sich von Liddis Lebensfreude, von ihrer zügellosen Lust nach der Schönheit, von ihrem Hunger nach Sensation und Abwechselung mitreißen lassen. Wie in einem Mahlstrom wurde er willenlos umhergeschleudert durch Liddis sprudelndes Temperament. Manchmal glaubte er sogar, daß er sie liebte. Jedenfalls war sie ihm nicht unsympathisch und das versüßte ihm immerhin die bittere Pille, die ihm die Aufgabe seiner Freiheit bedeutete.

»... es bleibt ein angebrochener Nachmittag ...« sagte der Generalkonsul, »man müßte noch irgendetwas unternehmen?«

Zum Theater war es zu spät. Also wollte man eine Bar aufsuchen.

»Ach ja, Musik und Tanz!«

Liddi warf die Zigarette auf den Teller und klatschte in die Hände, wie ein kleines Kind, das mit diesem Händeklatschen seine Freude ausdrücken will.

»Das habe ich mir schon längst einmal gewünscht, so ganz nahe diese Nachtbummelei mitanzusehen – – so ganz nahe dem Sündenfall!«

Sie zeigte ein Spitzbubengesicht, als wenn sie sich über die drei Herren lustig machen wollte.

»Eigentlich müßtest Du damit warten, bis Du verheiratet bist« warnte der Generalkonsul.

»Wie altmodisch, Onkel Kunzmann!«

Liddi zuckte mitleidig mit ihren schönen Schultern, die perlmuttersilbern unter dem elektrischen Licht schillerten.

Sie erhob sich und den Herren blieb nichts anderes übrig, als ihrer Tyrannin zu folgen.

Das Auto brachte sie hinaus auf den Kurfürstendamm. In der Diele der Kabarettbar drängten sich die Menschen Tisch an Tisch. Der Sekt perlte in den Gläsern und die dickbäuchigen Flaschen guckten wie schelmische Kobolde mit ihren roten, goldenen und silbernen Köpfen aus den Kübeln. In den Korbsesseln saßen elegante Herren im Abendanzug, junge und verlebte alte Frauen in kunstvollen Haarfrisuren, in faltenreichen seidenen Kleidern, die den Oberkörper fast nackt dem Beschauer darboten, lehnten sich in weichen Kissen zurück, blickten mit kalten, weltgewöhnten Augen um sich oder ließen diese Augen, hinter denen sie das Intrigenspiel ihrer Seele verbargen, für kurze Augenblicke diese Seele verraten, wenn sie wie Schlangen das Opfer einer neuen Begierde erspähten.

Ein Musikorchester schien einen betäubenden Lärm hervorzubringen. Es schien so dem Neuankommenden. Auch Liddi mit ihren Herren dröhnte die Musik in die Ohren, als sie in den Raum traten. Das Cymbal klimperte im höchsten Falsett und der Primgeiger wimmerte wie eine Katze, der man die Liebesgefühle durch unvorsichtiges Betreten ihres Schwanzes vergällt.

In der Mitte der Diele war ein Viereck freigelassen, in dem man tanzte. Die Paare drehten sich in fürchterlicher Enge, aber man sah, wie die Mehrzahl der Tänzer und Tänzerinnen mit großer Sicherheit und verblüffender Eleganz die Schwierigkeit des Terrains überwand. Im Gegenteil: der Tanz hier in dieser kleinen Bar schien als höhere Kunstleistung gewertet zu werden.

Alles das sah Liddi und faßte es sofort auf. Der jungen Dame aus der Provinz erschien diese ganze Umgebung als ein seltsames Schauspiel. Neugierig gespannt, dabei von einem leichten Schauer der Frivolität geschüttelt, wurde sie wie von einem etwas zu strengen Parfüm benommen ...

Sie setzten sich an einen Tisch, an dem bereits mehrere Personen Platz genommen. Der Geschäftsführer, der Werner kannte, bat sie vorläufig vorlieb zu nehmen – – bei der Fülle.

Als der Boston zu Ende war und die Musik pausierte, trat eine Dame an den Tisch und nahm im Sessel neben Liddi Platz. Ihr Kavalier verabschiedete sich mit einer oberflächlich korrekten Verbeugung.

Die Dame gehörte zu der Gesellschaft am Tisch.

Liddi horchte auf die Unterhaltung nebenan, hörte die Komplimente, die man der pikanten Erscheinung machte. Die Herren bewunderten ihre unerhört graziöse Art, den neuesten Modetanz zum Ausdruck zu bringen und man trank auf die neueste Filmschöpfung der Diva.

Liddi war in berechtigter Erregung. Sie achtete nicht mehr aus die Neckereien von Onkel Kunzmann und Werner mußte mehrere Mal das Wort an sie richten, bevor sie antwortete. Der Nimbus der Kunst wehte an ihrem Tisch und das Gefühl, neben einer unbekannten Größe von Weltruf zu sitzen, brachte die junge Dame aus der Provinz aus dem Gleichgewicht. Sie mußte wissen, wer ihre Nachbarin war.

Aber die kleine pikante Person wiegte sich schon wieder am Arm eines jungen Monokelhelden nach den Klängen einer jubelndfrechen Melodie, bald hüpfte sie mit ihrem Partner, daß es aussah, als wenn zwei junge übermütige Teddys einen Hopser machten, bald schleiften sie in sprunghaften Bewegungen über das Parkett. Die Schwierigkeit des Tanzes hatte die anderen Gäste verhindert, in die Arena zu treten, so daß das Paar allein sich produzieren konnte.

Liddi folgte begeistert den seltsamen Windungen des Tanzes. Auch Werner und die beiden alten Herren wurden aufmerksam.

Spontan klatschte Liddi Beifall, als die Musik schwieg und das Publikum tat das Gleiche und rief:

»Bravo, Mia Santa!«

»Das ist Mia Santa, die bekannte Filmschauspielerin« sagte Werner zu Liddi, als sich die Tänzerin lächelnd vor dem Publikum verneigte.

»Die Santa? ... Also das ist die Santa, die ich in Düsseldorf so oft im Kino gesehen? ... O wie interessant – – Die muß ich kennen lernen!«

»Mein liebes Kind« warf der Generalkonsul ein, »so was sieht man sich im Kino an, schön! Aber im Leben sitzt man wie im Kino in abgeschlossener Loge vor solcher Damen ..!«

»Onkel Kunzmann, Du bist ein schrecklicher Moralfatzke!«

Der Generalkonsul blickte sprachlos seinen alten Freund, den Kommerzienrat, an. Diese Jugend und diese Zeitströmung verstand er nicht. Soweit, dachte er, dürfte die Gleichstellung der sozialen Schichten nicht gehen – –

Aber zu langen Meditationen kam er nicht, denn Mia Santa war inzwischen zu ihrem Tisch zurückgekehrt und Liddi hatte sie einfach und offen angesprochen und ihr herzlich die Hände gedrückt, ihr gedankt für den großen Genuß, den sie ihr heute Abend und den sie ihr so oft schon bereitet.

Onkel Kunzmann war sprachlos. Machte gute Miene zum bösen Spiel. Er durfte die Situation nicht in Frage stellen. Lebemann und zugleich Weltphilosoph genug, wollte er die Gefährlichkeit der Lage paralysieren, indem er das gesellschaftliche Niveau herstellte. Er stellte sich mit seiner Gesellschaft in aller Form vor, woraus die anderen Herren dasselbe taten.

Nach einer kurzen Weile war man am Tisch ein Herz und eine Seele. Man prostete sich an, man erzählte Scherze aus der Künstlerwelt und Liddi, der das alles neu und unbekannt war, lechzte ordentlich nach jeder Anekdote aus diesen Mysterien, die für eine junge Dame von Familie ewig verschlossen geblieben wären.

Mia Santa war ein leichte, gazellenhaft schlanke Brünette mit bezaubernden großen schwarzen Augen, die bald wie zwei unergründliche tiefe Seen zu schlummern schienen, dann wieder wie Onyxsteine funkelten, tigerhaft, lauernd, versengend. Diese Augen waren ihr Triumph auf der weißen Flimmerwand. Diese weiten sprechenden Augen waren wie Sterne, die von der Kinobühne in das Publikum leuchteten, wie Magnete, die die Menschen zu den Theatern zogen, wenn Mia Santa eine ihrer berühmten Heldinnen abrollen ließ.

Werner saß der Diva gerade gegenüber. Mit Staunen verfolgte er die wachsende Intimität, die sich zwischen den beiden Frauen entwickelte. Von Zeit zu Zeit zog man ihn in das Gespräch. Aber er konnte sich einer gewissen Spannung nicht entwehren, die ihn umklammerte, wenn Mia ihre Augen auf ihn richtete.

Der Generalkonsul hatte seine Haltung wiedergefunden und spielte den Kavalier der alten Schule. Der Kommerzienrat Leitner nickte nur von Zeit zu Zeit, zustimmend oder mit dem Sektglas zutrinkend.

Liddi wollte in die Tiefen der Filmgeheimnisse dringen. Unermüdlich waren ihre Fragen und Mia konnte kaum den Wissensdurst der jungen Dame befriedigen.

»Wenn Sie das Alles so sehr interessiert, liebes Fräulein, müssen Sie sich die Geschichte mal ansehen!«, meinte Mia.

»Nichts leichter als das« fuhr sie fort, als Liddi sie ungläubig fragend anblickte. »Sie besuchen mich im Atelier, wenn ich Aufnahme habe, ... nicht wahr, Direktor?« wandte sie sich fragend an einen der Herren am Tisch, der kurz und lächelnd seine Einwilligung gab.

»Nächsten Mittwoch gibt es eine große Szenenaufnahme, ich erwarte Sie bestimmt in Tempelhof. Warten Sie, kleine Freundin, ich schreibe Ihnen alles genau auf, damit Sie nicht verfehlen.«

Sie ließ sich von dem dicken Herrn, der anscheinend der Direktor ihrer Filmfabrik war, eine Geschäftskarte geben.

Onkel Kunzmann sagte:

»Da hast Du aber Glück gehabt, Liddi, eine solche kostbare Bekanntschaft gemacht zu haben. So was bekommt man nicht so mir nichts dir nichts zu sehen: eine echte Filmdiva in ihrer Tätigkeit!«

Er verbeugte sich galant gegen Fräulein Mia und nickte ihr väterlich zu. Väterlich, mit einem kleinen Schuß von Altmännerverliebtheit. Der Sekt, die prickelnde Lust der Umwelt hatten auch ihn, den in vielen Feuern bewährten Frauenkenner, versöhnlich gestimmt. Und schließlich, dachte er, andere Zeiten zeugen andere Menschen: in seiner Jugendzeit hätte seine Schwester keine Damenbekanntschaft in einer Nachtbar gemacht. Er übersah, daß man früher die jungen Mädchen zeitiger zu Bett schickte ...

Als man aufbrach, versicherten sich Liddi und Mia ihrer frischen Freundschaft und freuten sich auf das Wiedersehen. Mit fröhlichem Gutenachtgruß ging man auseinander.

Nur Werner blieb still und zurückhaltend. Ihn lockten die großen schwarzen abgrundtiefen Augen und er vermied es, in ihren Spiegel zu blicken, als wenn er eine Gefahr witterte ...

3. Kapitel.

Die öffentliche Verlobung wurde durch ein großes Fest gefeiert. Der Generalkonsul setzte ein Stück Familienstolz darin, seinen einzigen Erben vor der Welt mit Glanz zu umgeben.

Vor der Grunewaldvilla hielten elegante Autos und Equipagen, denen die Vertreter der Hochfinanz, hohe Beamte aus den Ministerien, prominente Erscheinungen der bildenden Kunst und Musik entstiegen, begleitet von ihren in kostbaren Abendmänteln gehüllten Frauen und Töchtern. Der Gesellschaftskreis, in dem der Generalkonsul verkehrte, war ausgesucht und exklusiv. Die Gäste gaben daher der Verbindung, die die beiden Familien Kunzmann und Leitner eingingen, eine ganz besonders Folie.

Liddi hatte die bizarre Idee gehabt, die Konvention der großen Welt zu durchbrechen. Mitten unter den ordenbesäten Exzellenzen, den dickbauchigen Finanziers, den kahlköpfigen und hartgeschnittenen Geheimräten, neben den üppig hervorquellenden Busen der geschminkten Damen vom Geldsack, neben den dürren Kleidergestellen der verblühten Frauen von Soundso, neben den in billigen Mullkleidern steckenden Naiven, die die Zukunft der preußischen Hierarchie noch in ihrem unberührten Schoße trugen, zeigten sich die gutgeschnittenen Fracks einiger Herren, deren wohlrasierte Gesichter unschwer auf Bühne vermuten ließen. Aber in allem diesen gesellschaftlichen Hochglanz leuchtete ein schwarzes Augenpaar, das jeden, den es in seinen Sehwinkel zwang, unbewußt zu sich zog.

Liddi hatte darauf bestanden, ihre neueste Freundin, die Filmdiva, zu ihrer Verlobungsfeier einzuladen. Nach langem Sträuben hatte sie den Schwiegerpapaonkel, wie sie den Generalkonsul nannte, überwunden und überzeugt.

In den letzten beiden Wochen war Liddi Stammgast im Tempelhofer Atelier gewesen. Fast zu jeder Aufnahme fuhr sie heraus. Sie studierte die Technik des Filmens und hatte an Mia, die sie unterwies, die ihr die kleinen Tricks des Schminkens, die Art der langsamen Geste zeigte, eine vorzügliche Lehrerin. Sie befreundete sich mit dem ganzen Betrieb. Sie guckte neugierig durch den Sucher am

Apparat, den ihr der Operateur galant vor die kleine Stupsnase zog. Sie traktierte den Bühnenmeister und die Arbeiter mit Bier und Trinkgeldern, sie ließ sich vom Geschäftsleiter den Hof machen und der Regisseur, ein sehr von sich eingenommener Herr, dessen Stentorstimme für gewöhnlich die Glasfenster erzittern machte, zwang sich in ihrer Gegenwart zu einer bei ihm ungewohnten Höflichkeit den Schauspielern gegenüber sowohl wie der Statisterie.

Liddi machte sogar selbst den Versuch, in einer kleinen Nebenrolle über die Szene zu gehen und sie war stolz über das Lob, das man ihr erteilte, als die Probekopie im Vorführungsraum gezeigt wurde. Ja, wenn sie nicht Liddi Leitner, die Tochter der berühmten Leitnerwerke wäre und wenn sie nicht kurz vor der Ehe stände ...! Sie beneidete das lustige Völkchen, das sie kennen gelernt, um ihre Lebensauffassung, um den Weg der Freiheit und der Selbstbestimmung. Um den Ruhm des Tages beneidete Liddi die kleine Mia, von der die ganze Welt sprach, während man von ihr, dem Kommerzienratstöchterchen, nicht sprechen durfte. Je weniger man von einer Dame der Gesellschaft spricht, desto mehr achtet man sie: umgekehrte Weltanschauung.

Mia Santa hatte in der Rolle der Odaliske, die sie in dem Film, dessen Aufnahmen Liddi beiwohnte, spielte, einen exotischen Tanz zu vollführen. Liddi stand neben dem Regisseur auf der Estrade, schaute gespannt zu, wie sich die Massen durch das täuschend der Wirklichkeit nachgemachte arabische Dorf verteilten, hielt sich die Ohren zu, wenn der Regisseur in das Megaphon mit Donnerstimme die Befehle schrie. Dann kam Mia, verschleiert. Auf dem Marktplatz tanzte sie. Sie wickelte sich aus dem Burnus, stand mit entblößtem Oberkörper, den weißen Seidenschleier bis unter die Augen gezogen. Nur diese Augen waren im Gesicht unverhüllt. Wie stechende Flammen loderten sie, als sie sich nach den weichen Molltönen einer eintönigen Litanei im Bauchtanz drehte. Wie hypnotisiert starrte die Menge auf sie. Auch Liddi oben aus der Estrade wurde mitgerissen von diesen wundervollen, schlangenhaft mollusken Bewegungen, in denen die Tänzerin alle Lust und alles Leid der Liebe ausdrückte.

Diesen Tanz sollte Mia zu Liddis Ehren in der Villa des Generalkonsuls aufführen.

Werner hatte seine Braut nur einmal nach Tempelhof begleitet. Er empfand kein Interesse für Dinge, die abseits des Realen lagen. Kunst galt ihm als Selbstzweck, nicht als Gefühlssache. Er ging ins Theater, um sich zu amüsieren, natürlich besuchte er nur leichtere Schaustücke, Lustspiele und Operetten. Kino kannte er überhaupt nicht. Kintop war für ihn »misera plebs«. Bildende Kunst? Na ja, die gemalten nackten »Meechens« ließ er sich noch gefallen, aber das andere Zeug: die Bilder mit'n Ismus am Ende ... Danke schön. Eine goldene oder silberne Zigarettendose mit einer niedlichen Miniatur darauf, pikant, so daß man sich in Damengesellschaft damit interessant machen konnte – – soweit ging sein Kunstbedürfnis.

Bei diesem einen Besuch im Filmatelier war es ja ganz amüsant gewesen. Ein paar niedliche Dinger entdeckte er unter den Statistinnen. Aber er erinnerte sich an seine Pflicht, ein anderer Mensch zu werden und dachte an Liddis Mitgift. Aber als er Mia Santa gegenüber stand, empfand er wieder das Gefühl der Ohnmacht vor diesen seltsamen Augen und es war ihm, als ob Gift aus diesen Augen in seinen Körper träufelte, das schleichend seine Kräfte ermatten ließ.

Er wollte dieser Frau aus dem Wege gehen. Er fürchtete sie. Keine Frau war ihm bisher gefährlich geworden. Er hatte bei seinem Leben zwischen Klub, Rennbahn und Sportplatz keine Zeit für überflüssiges Weiberhhandicap, wie er im Jockeyjargon die Liäsons seiner Freunde nannte.

Vor dieser Mia Santa flüchtete er.

In ein paar Monaten war er verheiratet und wohlbestallter Mitbesitzer der Leitnerwerke in Düsseldorf. Also weit vom Schuß, Gott sei Dank. Und wenn ihn dann seine junge Frau in einen Kintop schleppen würde, könnte ihm dieses Fräulein Santa nur noch in effigie gefährlich werden ...

Er prallte ordentlich zurück und seine Augen flimmerten, als wenn er plötzlich in die grelle Sonnenscheibe geblickt hätte. Vor ihm mitten im Gewühl der Gesellschaft stand Mia Santa, begrüßte ihn sanft lächelnd und reichte ihm die unbehandschuhte kleine Hand mit den wundervoll gepflegten langen Fingern einer Monna Lisa.

Liddi hatte ihn überraschen wollen. Auch die paar Schauspieler waren auf ihre Veranlassung geladen und sie hatte zum Nachtisch ein ganzes Programm aufgestellt. Ihr Ehrgeiz war, in diesem Hause, wo die Hausfrau fehlte, diese zu ersetzen und dem Diner die nötige Würze durch eine kleine Sensation zu geben. Onkel Kunzmann hatte zwar schwere Zweifel über die gesellschaftliche Zulassungsmöglichkeit dieser Dame vom Film und ihrer Begleiter gehabt, aber Liddi schmeichelte ihm die Erlaubnis ab. Auch verstand sie es mit ausgesuchtem Takt, ihre Freundin, die Künstlerin, in den Kreis der etwas zugeknöpft sich gebenden Herren und Damen einzuführen und Mia ihrerseits machte durch ihr bescheidenes Auftreten ihrer Protektorin unbedingt Ehre.

»Ein wenig extravagant – diese ... äh ... Person!« sagten die Damen Exzellenz, rümpften unmerklich die Nasen und lorgnettierten hinter Mia her.

»Blendend, Mama! Und wenn man bedenkt, wie sie doch berühmt ist!« meckerte das Fräulein Gertrude von Lichtenfels und ein Schauer schüttelte die flache Stelle, wo andere junge Damen im Taillenansatz Reize vermuten ließen.

»Natürlich nach der allerneuesten Mode – das Kleid ist bestimmt von Glaser und Götz!« röchelte die dicke Frau Bankdirektor und nahm sich vor, gleich morgen bei dieser Firma anzurufen.

»Ein schönes Frauenzimmer, Donnerwetter!« brummelten die alten Exzellenzen, zogen die Schnurrbärte auf und stellten sich stramm in Positur.

»Ueberraschend pikant, Häh, Häh! ... Sagen Sie, Doktor, ist da was zu machen?« piepste lächelnd der junge Fürstenburg, der Sohn seines Vaters, des Börsenmatadors, mit vielsagendem Blick zu seinem Nachbar, dem Literaten.

»Na, Sie müssen doch die ... Dame kennen, Doktor!« wisperte der junge Mann, »sind doch aus derselben Branche: Kunstmenschen!«

Dann lachte er ...

Man schätzte die Erscheinung der Filmdiva unterschiedlich ein. Man nahm sie im allgemeinen als eine Tischdekoration. Man war an außergewöhnliche Dinge auf den Soirees der Berliner Gesellschaft gewöhnt. Man bekam überall irgendeine Sensation vorgesetzt, von der man solange sprach, bis am nächsten Abend oder einige Abende später diese Sensation von einer neuen abgelöst wurde.

Der Generalkonsul behandelte seinen Außenseitergast (so drückte er sich entschuldigend zu seinem Freund Leitner aus) mit großer Liebenswürdigkeit. Mia erhielt einen kleinen Leutnant als Tischnachbarn und verschwand am Ende der langen Hufeisentafel unter dem jungen Volk.

Im großen Salon hatte Liddi während des Speisens ein Podium aufstellen lassen, über das ein orientalisches buntes Zelt gespannt war.

Vor dem Eis entschuldigte sich Mia bei ihrem Tischherrn und verließ den Speisesaal.

Im Salon nahm man den Kaffee.

Plötzlich ertönten Gongschläge. Die dumpfen Töne erschreckten die vom Weingenuß erhitzten Gemüter.

»Nu kommt die Ueberraschungskiste!« sagte Exzellenz Nauendamm zu seinem Nachbar, dem Ministerialrat von Miller.

»Und das Elektrische geht auch noch aus! Zum Teufel, ich muß doch erst meinen Benediktiner auslutschen ...« fuhr er fort, als es plötzlich dunkel wurde und ein rotleuchtender Scheinwerfer das Zelt beleuchtete.

Auf diesen Effekt hatte sich Liddi gefreut. Es sollte so werden wie im Film: Rot viragiert. Mystisch.

Eine abgerissene Musik ertönte, in Mollakkorden klagend und jauchzend. Das Präludium.

Langsam öffnete sich das Zelt: eine Frauengestalt in weißem Burnus tritt hoheitsvoll heraus, öffnet den Burnus, läßt ihn zur Erde gleiten. Nun steht sie mit weit von sich gestreckten Armen da, mit den Händen den dünnen Seidenschleier haltend, der, sie einhüllend, nur ihre Augen frei läßt.

»Kintop! ... richtig gehender Kintop« murmelte Exzellenz Nauendamm.

Aber irgend jemand sagt leise:

»Bitte um Ruhe!«

Aha, denkt die Exzellenz, ein Enthusiast – – –

Mia Santa oben auf dem Podium kreuzt die Arme über der Brust, dann neigt sie den Oberkörper fast bis zum Boden. Jetzt erhebt sie sich wieder und wickelt sich in langsamen Windungen aus dem Schleier heraus, immer im Takt der Musik mit den Füßen auf und nieder wippend.

Da steht sie plötzlich mit nacktem Oberkörper da. Auf den Brüsten blinken goldene Schilde, mit Steinen verziert, die im Lichte des Scheinwerfers funkeln und glitzern.

Mia Santa beginnt den Bauchtanz ...

»Donnerwetter!« flüstert die Exzellenz und richtet sich stramm auf, klemmt das Einglas schärfer ins Auge.

Der kleine Fürstenburg hat sich ganz nach vorn vorgeschoben. So eine Delikatesse müßte man in der Nähe genießen, sagte er zum Doktor Meyer, dem Schriftsteller.

Eine atemlose Beklemmung umklammerte die vornehme Gesellschaft. Die Damen wußten nicht, wie sie sich nachher äußern sollten oder ob für diese immerhin ziemlich unanständige Ausstellung weiblicher Reize die Schlagwörter »modern und kulturell« ausreichen dürften.

Die Herren schnalzten – natürlich innerlich – mit der Zunge und die Begierde nach dem Besitz rollte ihnen aus den weitaufgesperrten Augenhöhlen.

Oben auf dem Podium tanzte Mia Santa den Tanz der Leidenschaften, der lockenden Liebe, der schmerzvollen Wollust.

4. Kapitel.

Werner saß ganz vorn neben seiner Braut. Zuerst folgte er zerstreut der Vorführung. Er fühlte sich unbehaglich. Trotz allem. Trotz der großen Aussichten für die Zukunft. Trotz des Liebreizes seiner Verlobten, trotz der Glückseligkeit, in der Alles um ihn herum seit Liddis Anwesenheit in Berlin schwamm. Er hatte das Empfinden des Abgeschnürtwerdens. Er wollte sich gegen das Kommende stemmen. Aber er sah ein, daß das alles unvermeidlich wäre, daß er seinen Weg so gehen müßte, wie das Schicksal und sein Herr Onkel ihn bestimmte.

Während des Aufenthaltes der Düsseldorfer hatte er sich nur für kurze Stunden in seinen Klub gewagt. Er brauchte das Spiel wie ein Lebenselixir. Ohne die Karten kam er nicht aus. Die Aufregung des Va banque, das Nervenpeitschen am grünen Tisch hielten ihm das Seelengleichgewicht. Auf alle diese Sensationen sollte er verzichten, wenn er verheiratet wäre. Das war eine stillschweigende Abmachung zwischen den Parteien. Andeutungsweise von seiten des Schwiegervaters.

In liebenswürdigem Wunsch ausgedrückt von seiner blonden Braut.

Werner sah vorn in der ersten Reihe vor dem Podium und schaute auf Mia, die tanzte. Er dachte an den großen Coup, den er heute Nachmittag am Baccarattisch verloren, weil der Baron Bensdorf auf »fünf« gekauft hatte. Es war sein letzter Tausender gewesen. Morgen mußte er nun wieder Geld aufnehmen. Was ihm jetzt, als dem Schwiegersohn des reichen Leitner, nicht schwer wurde ...

Immer hatte er Pech an dem Tage, wo er diesen großen Augen begegnete, die ihn da von oben im roten Reflex des Scheinwerfers unablässig zu verfolgen schienen. Wie die Augen einer Katze, die auf der Lauer liegt. Neulich auch, an dem Tage, da er Liddi in das Atelier begleitete, verlor er im Klub eine große Summe. Was für Zusammenhänge zwischen dieser tanzenden Frau da oben, die in nackter Schönheit ihn umschmeichelt, und seinem Lebensweg?

Seine Gedanken schienen plötzlich ausgeschaltet zu sein. Er sah und dachte nichts anderes als Mia. Er vergaß alles um sich herum.

Er fühlte seinen Pulsschlag aussetzen, seine Sinne sich umnebeln. Seine Seele flog zu dem Wesen hinaus, das jetzt nur für ihn zu tanzen, nur ihn mit den flammenden Gluten der Leidenschaft zu umlodern schien.

Als der Tanz zu Ende war und jubelnder Beifall im Saal erzitterte, war es ihm, als ob er aus einem Traum erwache, als ob ein böser Alb von ihm genommen. Aber er fürchtete, sich Mia zu nähern, die nun von den Gästen umringt, von allen Seiten Komplimente entgegennehmen mußte.

Später, als Mia, wieder umgezogen, in einer Ecke des Salons saß, eine Schale Sorbet in der Hand den faden Schmeicheleien des jungen Herrn Fürstenburg mit eingefrorenem Lächeln zuhörend, trat Werner zu ihr heran. Sagte ihr ein Wort des Dankes. Der junge Herr Fürstenburg entfernte sich, da ein Vortrag eines bekannten Kabarettiers angekündigt wurde.

Beide, Mia und Werner, saßen sich schweigend minutenlang gegenüber. Beide dachten, daß diese Minuten über ihr Leben entscheiden würden. Dann zog Werner Mias Hand an seinen Mund und küßte sie. Wieder schweigend blickte sie zu ihm hinauf, der, sitzend sogar, um etliches höher war als die kleine zierliche Tänzerin.

Sie plauderten lange miteinander. Ihm war wohl in ihrer Nähe. Noch niemals empfand er das Gefühl der Zugehörigkeit, wie dieser Frau gegenüber. Eine seltsame friedliche Ruhe hatte ihn erfaßt. Und trotzdem fühlte er eine Art Beklemmung. Er stand vor einem Abgrund. Drüben lockte ein Nix und zog ihn in ein Traumland ...

Er wußte später selbst nicht, wie das alles gekommen war. Hatte ihn die Raserei des verliebten Augenblicks gepackt oder war des Bewußtseins Schärfe ihm entglitten?

Sie hatten – nach dem Vortrag des Kabarettiers – getanzt und Werner, der Mia ein paar Runden geführt, war mit ihr in den Wintergarten getreten. Dort unter den Palmen und Blattgewächsen, die von oben ein sanftes gebrochenes blaues Licht erhielten, hatte er sie, aufgepeitscht durch die körperliche Berührung, die er während des Rundtanzes mit Mia empfunden, in seine Arme geschlossen und sie wild und leidenschaftlich geküßt. Mia, im ersten Augenblick überrascht, selbst aber von Sinnen, da sie ihn, den schönen Menschen, ohne es sich einzugestehen, vom ersten Anfang ihrer Begegnung liebte, hatte sich ihm mit allen Fiebern hingegeben.

Liddi, die ein unglücklicher Zufall den lange schon vermißten Bräutigam suchen ließ, war in den Wintergarten getreten in derselben Minute, da sich Mia langsam aus Werners Umarmung löste.

Nun standen sich die Drei gegenüber.

Und die Sprache versagte ihnen.

Keiner wußte, was er tun sollte. Denn sie schämten sich, wie Kinder, die ertappt waren.

Liddi als Erste fand zu sich zurück.

Ihre Erziehung, die anerzogene Gewohnheit, Herrin der Gefühle zu sein, ausbrechende Hemmungen zu bezwingen, siegte. Mit einem Blick der Verachtung, doch um die Mundwinkel den Schmerz der Enttäuschung zeigend, streifte sie das überraschte Liebespaar. Dann schritt sie langsam aus dem Wintergarten heraus, Haltung bewahrend. Erst draußen, als sie im vollen Licht der elektrischen Kronen sich der tanzenden Menge gegenüber sah, brach sie zusammen, sank auf einen Sessel und schluchzte auf. Leise. Keiner der Umstehenden merkte etwas.

Sie faßte einen schnellen Entschluß. Ging zu ihrem Vater, der im Herrenzimmer mit einer Zigarre im Munde Witze erzählte. Berichtete ihm kurz. Sie wollte sofort das Haus verlassen. Sofort. In derselben Minute. Dem Generalkonsul mußte man das mitteilen. Und die Auflösung der Verlobung fordern.

Der alte Leitner wollte keinen Skandal. Also blieb man noch eine kurze Weile. Liddi täuschte plötzliches Unwohlsein vor. Dann ging sie mit ihrem Vater, ruhig, gefaßt, ohne Aufsehen zu machen. Sie hatte noch die Geistesgegenwart, sich von Werner, der, innerlich vor Aufregung zitternd, korrekt und tadellos seine gesellschaftliche Pflicht tat, in das Vestibül begleiten zu lassen. Dort aber sagte sie ihm, zischend wie eine Schlange, daß er ein Schuft wäre, ein ganz gemeiner Schuft.

Im Auto weinte sie. Endlich löste sich ihr Schmerz in einen Tränenstrom und der arme Papa saß fassungslos neben ihr und versuchte sie vergeblich zu trösten.

Für Werner war Liddi eine Episode geworden. Ein schlecht gespieltes Spiel. Nun war er wieder auf dem toten Punkt und mußte von neuem anfangen.

Aber dieses Mal hatte er die Rechnung ohne seinen Onkel gemacht. Die Blamage, die Werner dem Hause des Generalkonsuls angetan, vergaß ihm dieser nicht. Die Auflösung der Verlobung hatte einen Sturm der Entrüstung hervorgerufen. Als der Onkel den wahren Grund erfuhr, gab es zwischen ihm und Werner eine unerhört scharfe Szene.

Der Generalkonsul verlangte unbedingten Gehorsam. Sogleich sollte Werner nach Düsseldorf fahren, wohin Liddi mit ihrem Vater zurückgekehrt, und die Geschichte wieder ins Geleis bringen. Werner sträubte sich. Mia hielt ihn. Mia hatte ihn ganz in ihren Bann geschlagen. Jede freie Minute widmete er sich ihr. Nur sie füllte sein Dasein aus. Es war, als ob er für keine andere Menschenseele lebe, jemals gelebt habe.

In der Gesellschaft war der wahre Grund der Entlobung nicht unbekannt geblieben. Der Generalkonsul tobte. Er fühlte sich in seiner Stellung kompromitiert, er durfte die Sache nicht auf sich beruhen lassen.

Ein paar Tage wartete er. Dann erklärte er seinem Neffen rundweg, daß es nur zwei Wege für ihn gäbe: den einen nach Düsseldorf oder den anderen aus seinem, des Onkels Haus, heraus.

»Entweder Du bleibst ein anständiger Mensch und wirst Deine Braut wegen der kleinen Entgleisung um Entschuldigung bitten oder wir trennen uns – für immer!«

Werner, von den Ereignissen der letzten Tage benommen, von Mias Liebe berauscht, wie von einem Opiumtaumel, schwankte keinen Augenblick. Noch in der letzten Minute hatte ihm das Schicksal in Mia die Freiheit wiedergegeben, die widerwillige Heirat verhindert. Dem Abenteurer und Spieler, dem Glücksjäger, der der gleißenden Kugel, auf der Fortuna lachend reitet, nachjagt, zeigte sich der rosige Horizont der Träume. Keinen Augenblick zauderte er.

Während der Generalkonsul mit lauter Stimme, voller Wut und doch wieder in Schmerzen, das Schicksal des Neffen zu bestimmen suchte, blieb dieser kalt und schweigend. Bis er mit einer kühlen Verbeugung, in seinem müden, schleppenden Ton sagte:

»... Ich kann nicht. Da Du mir jetzt Dein Haus verbietest, danke ich Dir für alle Liebe, die Du mir entgegengebracht. Aber meine Wege gehen abseits von Deinen Wünschen. Vielleicht tue ich Unrecht ... vielleicht?«

Er senkte den Kopf, drehte sich um und ging ruhig aus dem Zimmer heraus.

Draußen drückte er dem alten Diener Fritz, der ihn seit seiner frühesten Jugend betreut hatte, die Hand und als er ihm sagte, daß er seine Sachen ins Eden-Hotel schaffen lassen sollte, drückte ihm Rührung die Kehle zu.

So verließ er die Stätte, wo er erzogen worden war und wo er ein Heim hatte, er, der Waise ohne anderen Halt in der ganzen Welt als dieses Heim.

Nun würde Mia seine Welt bedeuten.

5. Kapitel.

Marie Sandhofer bewohnte mit ihren Eltern eine bescheidene Wohnung in der Pestalozzistraße zu Charlottenburg. Der Vater war Kassenbote bei einer Großbank, ein tüchtiger und pflichtgetreuer Beamter. Die Mutter liebte ihre Tochter abgöttisch. Stolz auf den Aufstieg der kleinen Statistin und Tanzratte zum berühmten Kinostar, umgab sie sie mit aller Sorgfalt, die sie aufbringen konnte und lebte nur für sie.

Durch einen Zufall war die kleine Marie zum Film gekommen. Ursprünglich zum Ballett ausgebildet, hatte ein findiger Impresario sie auf die Kabarettbühne gebracht, nachdem er ihr eine »Nummer« einstudiert. In einem der vielen Kabaretts, in denen sie auftrat, entdeckte sie der berühmte Filmregisseur Herbert, der sie an die größte Filmfabrik Berlins brachte, sie mit der in der Filmbranche üblichen Zirkusreklame managete, nachdem er ihren gutbürgerlichen Namen in ein sanft und rätselhaft klingendes Pseudonym umgewandelt.

Nachdem der erste Film der Mia Santaserie gelaufen, war die neue Diva ein Liebling des Publikums geworden. Herr Herbert hatte mit sicherem Blick die Goldgrube in ihren großen weiten Augen gesehen und sich nicht getäuscht.

Aber Mia, wie sie sich nun auch in intimen Kreisen nannte (nur für Mutter und Vater Sandhofer blieb sie das Mariechen), büßte nichts von der ihr angeborenen Bescheidenheit ein. Gerade diese Bescheidenheit verlockte alle, die mit ihr in Berührung kamen, sich ihr in irgendeiner Form zu nähern. Die Männer glaubten ein leichtes Wild zu jagen. Aber Mia wies in ihrer neunzehnjährigen Unschuld alle Anträge zurück. Sie wartete auf den Richtigen. Sie verplemperte sich nicht, wie es ihre Kolleginnen vom Ballett, Kabarett und Film taten, sie hatte es nicht nötig. Ihre Einkünfte waren groß genug, um frei von jedem lästigen Zwang leben zu können. Von ihrer Gage unterstützte sie im Gegenteil noch die Eltern, richtete deren Heim gemütlich her und verschaffte den alten Leuten eine Art Bequemlichkeit und Wohlleben, das ihnen bisher fremd gewesen.

Dabei war Mia lebenslustig und übermütig bis zur Ausgelassenheit. Wenn man sie Abends in fröhlicher Gesellschaft in einer Bar traf, wenn sie in Sektlaune einen Solotanz vollführte, in tollen Sprüngen, mit lautem Lachen ihn begleitend, konnten Unbeteiligte sie für eine richtige junge Lebedame halten. Aber nach solch einer verrückten Nacht kletterte sie brav die vier Treppen der elterlichen Wohnung hinauf, legte sich mit etwas wüstem Einschlag im Gehirn in ihr schmales weißes Bett und am nächsten Morgen wusch sie mit eisigkaltem Wasser die Erinnerung an das dumme Zeug aus den Augen und aus dem Sinn.

Kein Mann hatte Gnade vor ihr gefunden. Man munkelte zwar allerlei. Die Kolleginnen dichteten allerhand romanhafte Begebenheiten um sie herum. Aber etwas Bestimmtes wußte Niemand. Die kleine lustige Kinoprinzessin war wie das Prinzeßchen im Märchen, um die die Ritter und Troubadoure in heftigen Turnieren kämpften. Aber Mia gab ganz wie die Märchenprinzessin ihren Anbetern zu schwere Rätsel auf, die keiner lösen konnte.

Da trat Werner in ihr Leben. Bei der ersten Begegnung wußte sie, daß ihr Schicksal sich erfüllen würde. Die Freundschaft mit Liddi, Werners Braut, wurde ihr zu einer schweren Last. Sie litt unter dieser Freundschaft und sie wollte sich mit aller Gewalt diesem jungen Mädchen, das denselben liebte, wie sie, entziehen. Sie war froh, daß Werner sich nicht um sie kümmerte. Obwohl sie den Einfluß spürte, den sie auf ihn übte, jedesmal, wenn sie in seine Nähe kam. Sie wollte nicht zwischen jene beiden treten, die bestimmt waren, ihren Lebensweg zusammen zu gehen. Aber in jenem unbedachten Augenblick im Wintergarten der Kunzmannschen Villa war ihr Wille ausgeschaltet gewesen. Eine Macht, der sie sich nicht entgegenstemmen konnte, hatte sie in die Arme des Geliebten getrieben.

Nun, da sie vernommen, wie sich Werners Zukunft stellte, gehörte sie zu ihm. Nun ließ sie nicht mehr ab von ihm. Auch Werner, der von einer ihm bisher unbekannten Leidenschaft zu dieser kleinen zierlichen Person befangen war, schloß sich ihr mit Leib und Seele an.

In den ersten Tagen nach dem schrecklichen Austritt mit dem Onkel versuchte Werner sich seine Lage klar zu machen.

Was anfangen?

Die juristische Karriere wieder aufnehmen, war nicht möglich. Dazu gehörte die Protektion seines Onkels und außerdem Geld.

Und Geld hatte er so gut wie gar keines. Das tägliche Lebegeld versuchte er im Klub zu lösen. Ein paar Hunderter waren jeden Tag zu gewinnen. Aber das bildete keine Basis, auf der man sein Dasein, wenigstens ein menschenwürdiges Dasein aufrichten konnte.

Ja, wenn er im Spiel einen großen, ganz großen Gewinn erzielen könnte. Den großen Coup landen?

Auch dazu gehörte Geld. Das Betriebskapital ...

Er hatte sich eine kleine möblierte Wohnung genommen. Wollte sich einrichten in dem Leben, das er jetzt zu führen gezwungen war. Vorläufig ein Leben von der Hand in den Mund. Er dachte, in einem Bankinstitut eine Stellung anzunehmen. Aber wenn er sich vorstellte, wie er am Ende des Monats für eine dreißigtägige Arbeit von vielen, vielen Stunden ein paar Hunderter erhalten würde, einen Betrag, den er ohne Besinnen im Klub auf das grüne Tableau zu werfen gewohnt war, der sich in weniger als einer Minute verdoppeln konnte, wenn das Glück ihm hold war ...?

Nein, mit Kleinigkeiten darf man sich nicht abgeben, wenn man die »Pace durchstehen« muß im Leben. Also Zähne zusammen beißen. Das Abenteuer suchen. Sich und sein Schicksal auf die Karte setzen, die ihm die goldene Zukunft bringen soll.

Vorläufig beschwerte er sein Gewissen nicht mit zu großen Plänen, nach denen er seine Tage einrichten hätte müssen. Und dann ließ ihm das entzückende Liebesidyll mit Mia keine Zeit zum Nachdenken.

Mia hatte sich ihm frei gegeben. Sie nahmen in einem vornehmen Restaurant ein ausgewähltes Abendessen und tranken vorzüglichen Champagner. Feierten ihr erstes Beieinandersein. Mia plauderte unaufhörlich und Werner, der müde, blasierte Herrenmensch, unterlag dem Zauber der kleinen Circe. Die mühsam konstruierte Blasiertheit klappte in sich zusammen und zum ersten Mal in seinem Leben empfand Werner einer Frau gegenüber die Freiheit der Seele und die süße Wehmut der Liebe. Wie die Kinder saßen sie beieinander. Das Leben um sie herum, was vor ihnen gewesen, was nach ihnen kommen könnte, versank. Nur dem Augenblick jauchzten sie entgegen und ihre Sehnsucht wurde unendlich.

In dieser Nacht kletterte Mia nicht die vier Treppen der elterlichen Wohnung hinauf, sondern sie hüpfte mit lustigem Gekicher voller Neugier ob des Geschehens die kurzen Stufen zu dem im Parterre gelegenen Junggesellenquartier Werners hinauf.

Drinnen, zwischen den eleganten Möbeln, zwischen den Bric à bracs, Büchern und Photos, richtete sie sich als kleine Hausfrau ein, die sofort von allem Beschlag nahm.

Werner schaute ihr belustigt zu, wie sie in der kleinen Küche Kaffee kochte, wie sie den Tisch deckte, Likörflaschen und Kuchen heraufstellte, bis sie ihn einlud, Platz zu nehmen. Aber der Küsse ungezählte Reihe ließ den beiden keine Muße zu diesem späten Gelage. Alle irdischen Genüsse zerflossen in dem gewaltigen Mahlstrom ihrer jäh erwachten Liebe.

Und ihr Zusammensein wurde ein einziger himmlischer Rausch der Glückseligkeit.

6. Kapitel

Werners Situation, seine Lebensmöglichkeit wurde immer schwieriger. Haltlos schwankte er von einem Tag in den anderen. Im Spiel wechselte das Glück. Es gab Wochen, in denen er im Gelde schwamm, dann wieder erwischte ihn das Pech und er wußte nicht, wie er Mias kleine Bedürfnisse, das gewohnte gemeinschaftliche Abendessen, seine eigenen Rechnungen bezahlen sollte. Er lebte eigentlich nur vom Spiel. Ein richtiges Abenteurerleben, der Gunst der Minute ausgesetzt. In trüben Stunden, wenn seine Lage ihm zum Bewußtsein kam, ekelte ihn dieser Zustand an, und er sehnte sich nach der Führung seines Onkels, der ihm mit guten Ratschlägen immer beiseite gestanden. Im Kern seines Wesens war Werner ein Mensch mit gutem Willen. Die Lässigkeit des gewohnten Hin und Her, das er durch Jahre geführt, hatte ihn schwach gemacht und ihn jetzt, da er den Halt der Familie verloren, noch tiefer auf die Rutschbahn des Lebens gebracht.

Er wollte mit aller Gewalt wieder in die Höhe.

Machte den Versuch einer Annäherung an den Onkel Generalkonsul. Er telephonierte an das alte Faktotum Fritz und fragte ihn nach der Stimmung des Onkels aus. Der Diener, der mit großer Liebe an Werner hing, ging schüchtern zum Onkel in das Herrenzimmer.

»Herr Generalkonsul verzeihen – – Herr Werner ist am Telephon und möchte den Herrn Generalkonsul so arg gern sprechen ...?« Aber Kunzmann, der seit dem Abgang seines Neffen ein weltfeindlicher Mann geworden, fauchte den guten alten Fritz wie ein bissiger Tiger an:

»Daß sich der Bengel noch erfrecht, mich anzurufen! – – – für den Kerl bin ich nicht zu Haus! ... ein für alle Mal – – verstanden!«

Der alte Diener fuhr zurück. Wollte noch ein gutes Wort einlegen. Aber Kunzmann verließ das Zimmer und warf mit lautem Krach die Tür hinter sich zu.

Also war dieser Versuch gescheitert.

Am selben Abend hatte Werner ein verteufeltes Pech beim Baccarat. Jeder Coup, den er setzte, ging fehl. Bis er den letzten Fünfzigmarkchip wagte, den die Harke des Einkassierers dann ebenfalls vom Tisch holte.

Am anderen Mittag ging er zu Mia, bei deren Eltern er als rechtmäßiger Bräutigam schon längst beglaubigt war. Mia hatte mit kindlicher Naivität ihrer Mutter ihr Herz ausgeschüttet, ihr alles erzählt. Und man sprach bei Sandhofers von einer zukünftigen Heirat der beiden Liebenden. Werner ließ das Thema unbeantwortet, wenn darauf die Rede kam. In der Tat dachte er nicht so weit, aber er wollte Mias Eltern nicht betrüben und ließ sie bei ihren bürgerlichen Ansichten von Heirat und Kindersegen.

Als er die Treppen hinaufstieg in diesem Haus der kleinen Leute, wo der Geruch sauber gescheuerter Flure sich mit den an den Tapeten und in den Gardinen sitzen gebliebenen Ausdünstungen von Wirsingkohl und anderen Kochprodukten mischte, kam ihm die ganze Schiefheit seiner Lage wie eine Magenverstimmung vor. Einen ordentlichen Kognak darauf – – oder ein tüchtiges Abführmittel – weiß der Teufel! Wenn man nur einmal den richtigen Anschluß an das Glück fände?

Ja, das Glück?

Das suchte er nun Tag für Tag in dem Tempel, wo auf den grünen Tischen die Spielteufelchen hin und her hüpfen, vor ihren Lieblingen das Geld aufschütteten und denen, die sie nicht leiden konnten, die Brieftaschen leerten. Wenn er so ein garstiges Spielteufelchen einmal erwischen könnte – es sich ihm dienstbar zu machen? Er dachte, daß er von Mia sich ein paar Hunderter borgen müßte (schon manchmal hatte sie ihm aus der Patsche geholfen). Dann würde er das Geld auf das Tableau werfen: einmal durchstehen lassen, zweimal, dreimal, viermal ... endlich müßte er doch die Serie erwischen, diesen Traum des glückhaften Bacspielers.

Oben in der Wohnung mußte er im Wohnzimmer warten. Die Mutter sagte, daß der Vater auf einen Sprung mit herangekommen wäre, da er am Savignyplatz in der Filiale der Bank zu tun hatte. Mia steckte aus ihrem Zimmer das unfrisierte Wuschelköpfchen heraus, begrüßte ihren Freund und bat ihn, einige Minuten zu warten.

»Pfui! Wie kannst Du auch so früh kommen – und ohne erst anzurufen?«

Werner setzte sich in den großen strohgeflochtenen Sessel am Fenster, vor dem der Mutter Nähtischchen stand. Er blickte zerstreut im Zimmer umher. Er dachte an das Spiel. Alle seine Sinne konzentrierten sich auf die Art, wie er heute Nachmittag, gleich wenn er von hier wegginge, operieren wollte. Er ist so sehr mit seinen Spielproblemen beschäftigt, daß ihm jede andere Beziehung zu den Abwechselungen des Lebens ermangelt. Nicht einmal seine Liebe kann ihn von seinem Gedankengang abziehen. Ihm ist wie dem Ertrinkenden, der schwimmend mit allen Kräften den rettenden Balken zu erreichen sucht.

Wenn er eine größere Summe hätte? Ein paar Tausender ... Die beiden Blauen, mit denen Mia wahrscheinlich ihm unter die Arme greifen würde ...? Zum Lachen!

Plötzlich weiten sich seine Augen.

Er steht leise vom Sessel auf und geht an den großen runden Tisch, der in der Mitte des Zimmers steht.

Da liegt Vater Sandhofers Ledertasche, in der der Kassenbote die großen Vermögen umherschleppt, von der Reichs-Bank zum Kassenverein und zu den Filialen der Großbank. Ein Vermögen liegt wahrscheinlich da drinnen zwischen den dünnen Lederwänden?

Ein seltsames Gefühl packt Werner.

Er geht am Rande des Abgrundes wie ein Mondsüchtiger. Das Bewußtsein von Schrecklichem steigt ihm in den Hals, drückt ihm die Kehle zu.

... Bist Du so nahe dem Verbrechen?

Irgendein Dämon flüstert ihm ins Ohr:

»Versuche!«

Von einem ihm selbst sich nicht klar werdenden Entschluß gepackt, beugt er sich über die Tasche. Lauscht. Im Nebenzimmer hört er Mias Stimme, die ein lustiges Kabarettliedchen singt. Hinter der anderen Tür ist der Korridor, an dem die Küche liegt, wo der alte Sandhofer sein Mittagsmahl zu sich nimmt.

Die Gelegenheit.

Immer ist es die Gelegenheit, die uns verführt.

Die Tasche ist offen. Werner hat das Schloß versucht, das nur eingeknipst war.

Wie ein Wunder starrt er die dicken Pakete der Geldscheine an.

Nein – den alten Mann unglücklich machen will er nicht. Er denkt an Mia und das Gefühl inniger Zuneigung zu dem jungen lebensfrohen Geschöpf läßt ihn erzittern.

Wenn er zwei Scheine aus einem der Tausendmarkbündel entnehmen würde, könnte das Fehlen nicht gleich bemerkt werden. Und bis der Kassenbote am Spätnachmittag abgerechnet hätte, würde er mit diesen beiden Tausendern vielleicht schon sein Glück gemacht haben.

Jetzt ist es halb zwei. In einer halben Stunde wird die erste Bank im Klub gezogen ...

Mit schnellem Griff entnimmt er zwei dünne braune Scheine dem Bündel, legt alles wieder ordentlich in die Tasche, knipst das Schloß zu.

Dann klopft er bei Mia an.

»Puppchen! ... ich verlasse Dich jetzt, ich klingele um 4 Uhr an – ich habe etwas sehr wichtiges vor!«

Mia öffnet die Tür. Bereits frisiert lacht sie ihn mit dem Sonnenschein ihrer großen Augen an. Küßt ihn, indem sie die aus dem Morgengewand nackt herausragenden schönen Arme um seinen Hals legt.

»Geh, Du Bösewicht, wenn Du keine Zeit für mich hast!«

Sie will schmollen, aber Werner, von innerlicher Angst um das Glück geplagt, entwindet sich der Umarmung und fast frostig sagt er, eilig seinen Hut nehmend:

»Entschuldige mich, Puppchen – aber ich habe Eile.«

Das Auto saust in den Tiergarten. Nach einer Viertelstunde hält der Wagen vor der weißen Villa, dem Heim des Victoria-Klubs.

7. Kapitel.

Werner wirft dem Garderobier Hut und Stock zu. Nimmt die Marke. Blickt flüchtig auf die Nummer: Gerade. Also doch gerade. Alles hing davon ab, ob diese Nummer gerade sein würde. Ehre, Zukunft, Leben und Tod waren in diesen drei Ziffern enthalten, die da schwarz gedruckt auf dem kleinen Stückchen rosa Papier standen.

Aberglauben.

Jeder Spieler hat seinen eigenen Glauben. Jeder stolpert über irgendeinen anderen vernünftig denkenden und handelnden Menschen. Kindisch erscheinende Ursache. Ein Spieler glaubt an das Fatum. An die unbestimmte Bestimmung. Eine Katze, die über den Weg läuft, bringt Unglück. Und eine falsch erratene Zahl nimmt den Mut der Unternehmung. Mut ist alles ... An dem Feigen schreitet das Glück vorüber, hohnlächelnd ...

Im Auto war es Werner, als wenn er auf einem schwarzen Roß dahinflöge, gepeitscht von tausend Teufeln.

Alles stand jetzt auf dem Spiel: Mias Leben und sein eigenes. Wenn die Garderobennummer gerade ist, die ihm Schulz, der Diener, geben wird, würde er mit den gestohlenen beiden Tausendern gewinnen.

Gestohlen?

Er schüttelte sich, als wenn er auf eine Kröte getreten wäre.

In einer Stunde würde er das Geld dem alten Sandhofer zurückgeben. Er zweifelte nicht, daß er Erfolg hätte. Er mußte gewinnen ...

Als er in den großen Saal trat, war das Spiel im Gang. Ein großer, langer, grüner Tisch stand in der Mitte, auf dem mit gelben Linien die Felder geteilt waren. Je sechs Herren saßen zu beiden Seiten, hinter denen viele andere Spieler standen oder auf hohen Stühlen saßen, teilweise nur um zuzuschauen, zu »kiebitzen«. In der Mitte saß der Bankhalter und ihm gegenüber der Croupier, die Hand am Stiel der langen Harke.

»Ich bitte die Herren das Spiel zu machen« sagte der Bankhalter in monotonem Singsang, und nachdem die Chips auf die Tableaus geworfen, fuhr er fort:

»Wenn das Spiel gemacht ist, geht nichts mehr ... Ab dafür!«

Werner stand beobachtend am Tisch. Noch wollte er nicht setzen. Er mußte den richtigen Coup abwarten.

Der Bankhalter zog aus dem kleinen Holzkasten, dem »Schlitten«, der vor ihm stand, eine Karte nach der anderen. Nach jeder Seite gab er zwei Stück aus, sich selber ebenfalls soviel.

»Die Bank hat neun!« sagte der Bankhalter mit demselben gleichgültigen Tonfall, mit dem er die ganze Prozedur des Spiels vollführte. Seine Gesichtszüge schienen unbeweglich, nur einen Augenblick, als er seine Karten umdrehte und den »großen Schlag«, die neun, sah, zeigte sich ein kleines süffisantes Lächeln der Befriedigung in seinen Mundwinkeln.

Der Croupier raffte mit der Harke die Chips und die Geldscheine, die auf dem Tisch waren, zu sich heran und das Spiel ging weiter.

Wieder sagte der Bankhalter:

»Ich bitte die Herren das Spiel zu machen – – –«

Werner überlegte, zögerte. Er hatte die beiden Tausendmarkscheine in der Hand. Sie brannten wie Feuer auf seiner Haut.

Jetzt, da der Bankhalter eben seine Litanei zum Schluß bringen wollte und die letzten Sätze gemacht waren, rief Werner:

»Tausend Mark à cheval!«

»Ein Ruf von tausend Mark – ich bitte sehr ... erwiderte der Bankhalter höflich.

Werner warf die Banknote auf den Tisch, die der Croupier auf den Strich setzte, so daß sie beide Seiten des Tisches spielte.

»Ab dafür! ...«

Die rechte Seite bat um eine Karte und die linke Seite dankte. Der Bankhalter gab rechts ein Bild aus. Er selbst hatte in seinen Karten ein Bild und eine Zwei, also im ganzen zwei Punkte. Werner stand auf der linken Seite und hatte bei dem Pointeur die Sieben gesehen.

Also war keine große Gefahr für seinen Tausender vorhanden. Im schlimmsten Falle hatte er nichts gewonnen. Der Bankhalter zog aus dem Schlitten seine Karte: eine Sechs.

»Die Bank hat Acht!«

Die Bank hatte auf beiden Seiten gewonnen.

Werner zitterte. Eine rasende Angst ergriff ihn. Der eine der Scheine war weg. Nun wußte er nicht mehr, was er tat. Er warf die andere Banknote auf die Seite, an der er stand. Nun sollte sein Schicksal den Weg gehen, den es wollte. Die nächste Minute würde über ihn entscheiden, hol's der Geier!

Während der übliche Vorgang des Spiels vonstatten ging, zündete er eine Zigarette an, die er fast zwischen den Zähnen zerkaute. Nervös paffte er den Rauch in dichten Wolken aus.

Seine Seite hatte den kleinen Schlag, die Acht, und gewann.

Aber Werner hatte allen Halt verloren. Nun wagte er den Doppelcoup. Auch der gewann. Immer weiter ließ er den Satz stehen, gewann zum dritten Mal. Die Bank mußte bereits neuen Einsatz ausschütten.

Achttausend Mark hatte Werner aus seinem Anlagekapital gemacht. Die Hälfte setzte er auf den vierten Coup. Auch dieser schlug für die Pointeure.

Dann verlor Werner wieder. Aber nach einer halben Stunde hatte er fast fünfzehntausend Mark gewonnen.

Als eine neue Bank ausgeboten wurde, beteiligte er sich an der Versteigerung und erhielt den Zuschlag.

Er schob zehntausend Mark dem Croupier hinüber und nahm den Platz des Bankhalters ein. Seine Nerven hatten sich beruhigt. Mit eisernem Willen, dabei die bei ihm gewohnte müde Blasiertheit zur Schau tragend, mischte er die Karten. Er wollte gewinnen. Er mußte ...

Das Glück trug ihn.

Er gewann das Banko und der Croupier konnte nicht schnell genug mit der Harke die großen und kleinen Spielmarken zusammenraffen. Denn jede Karte schlug für die Bank.

Werner hatte ein kleines Vermögen gewonnen. Fast fünfzigtausend Mark. Als er die vielen Banknoten in seine Brieftasche steckte, atmete er auf: Der Reiter über dem Bodensee war am Ziel ...

Der alte Sandhofer fiel ihm ein.

Schnell fuhr er in die Stadt zum Bankgebäude.

Der Bote Sandhofer wäre gerade zurückgekommen, sagte ihm der Kastellan.

Man führte Werner in das Botenzimmer, wo er Sandhofer antraf.

Er bat den alten Mann auf ein Wort unter vier Augen.

Sandhofer begriff nicht. Fragte: wegen Mariechen?

Werner schüttelte den Kopf. Aber er machte die Unterredung dringend.

Draußen in einem entlegenen Winkel des Korridors entdeckte sich Werner. Sandhofer erschrak.

So eine Sünde.

Nein, er habe noch keine Abrechnung gemacht.

Gott sei Dank, alles wäre gerettet.

Der Herr Werner wäre ein furchtbar leichtsinniger Mensch.

Ja, ja, er wußte es – – aber wenn einem das Messer an der Kehle säße ...

Sie flüsterten, damit keiner, der vorüberginge, etwas verstehen könnte.

Werner drückte dem alten Mann die beiden Banknoten in die Hand, die dieser schnell wegsteckte. Als ihm Werner einen dritten Schein als Belohnung geben wollte, wies er ihn zurück.

»Ich nehme kein Sündengeld, Herr Werner!«

Aber er verzieh dem jungen Mann den Fehltritt. Er habe wohl nicht bedacht, wie er ihn, den Sandhofer, seine Frau und das Mariechen ins Verderben hätte bringen können. Er wollte nichts davon zu Haus erzählen. Für alles in der Welt nicht. Die Weibsleute halten keinen reinen Mund und er freue sich, daß noch alles so gut abgelaufen sei.

Dann ging der alte Mann schnell wieder zum Botenzimmer zurück. Aber innerlich kam er noch lange nicht darüber zur Ruhe, daß er, ohne es zu wissen, in großer Gefahr gewesen war ...

8. Kapitel.

Das Glück heftet sich an Werners Fersen. Es wird sprichwörtlich im Klub. Aus der Masse der Mitglieder hebt sich der elegante junge Mann mit den nonchalanten Manieren. Man wird aufmerksam auf ihn. Der Platz des Bankhalters wird jetzt in regelmäßigen Abständen von ihm eingenommen, und wenn er sich mit jener an Arroganz streifenden Miene, mit der der geübte Fechter dem Gegner entgegentritt, an den Tisch setzt, packt ein unbehagliches Gefühl der Ohnmacht die Spieler. Sie wissen, daß sie diesem Mann gegenüber, der zwischen jedem Kartenzug seine Zigarette raucht und sie dann mit seinen langen feingliedrigen Fingern lässig in die Schale vor sich wirft, nicht standhalten werden. Und doch versuchen sie es immer wieder. Aber Werner bezwingt sie. Ungeheure Summen holt er aus ihnen heraus. Hunderttausend, Zweimalhunderttausend, mehr noch. Fast eine halbe Million bringt ihm in kurzen Wochen das Glück der Karten.

Ein Leben in Saus und Braus führt er. Jeder Tag verschlingt hunderte, tausende Mark, die in Geschenken für Mia, in Autofahrten, in Soupers und Barbesuchen, in allem möglichen vergeudet werden. Werner mißachtet das Geld. Am grünen Tisch scheffelt sein Croupier die Banknoten für ihn und er selbst zaubert den Gewinn aus dem kleinen Holzkasten, aus dem er die Karten herausflattern läßt, ganz als ob er sie kommandiert.

Mia bewundert ihn. Im Glanz seines Reichtums sonnt sie sich, wird ein Stern am Nachthimmel der Gesellschaft, die sich nicht langweilt. Ihre Toiletten, deren Pracht und Geschmack im Verhältnis zu Werners Freigebigkeit stehen, fallen auf. Ihre Liebe steigt ins Unermeßliche. Ledig aller Sorgen lebt sie nur dieser Liebe und ihrem Werner.

Der alte Sandhofer schüttelte zwar manches Mal den Kopf, wenn Mia dem Vater im Ueberschwang ihres Herzens von ihrem großen Glück erzählt. Die Mutter ärgerte sich über den Vater. Er hätte auch gar kein Verständnis für die Bedürfnisse von Leuten, die wie Werner und Mia doch in andere Kreise kämen, wo es vornehmer zuginge, als hier in der Pestalozzistraße.

Der alte Sandhofer dachte an den Ursprung des vielen Geldes, dem sein Mariechen das Glück verdankte und meinte, daß ehrlich immer am längsten währt. Aber das sagte er nicht laut, denn er wollte seinem Mariechen nicht wehe tun. Das Kind sollte es niemals erfahren. Es war nur gut, daß es nicht schlimmer geworden – damals! Der Alte hatte sich abgefunden mit der Sache und tat seinen Dienst weiter. Wer er hütete sich, wieder mit der Geldtasche leichtsinnig umzugehen. Gegen das Verbot war er über Mittag nach Haus gegangen und hatte das Geld mitgenommen. Noch ein Mal sollte das nicht geschehen. Er sah sich vor. Wenn man nicht mal in seiner eigenen Wohnung vor Dieben sicher war ...

Dieb?

Sein zukünftiger Schwiegersohn war also ein Dieb ...

Es wollte dem alten Beamten nicht in den Sinn, daß ein Mensch das Schicksal so herausfordern konnte, wie dieser junge Herr Werner. Nun, da dieser so viel Geld mit den gestohlenen Tausendmarkscheinen gemacht, fing der alte Sandhofer allmählich an, die Geschichte zu vergessen und das Unmoralische derselben in einem anderen Sinne zu betrachten.

Werner versuchte sich den alten Leuten erkenntlich zu zeigen. Außer kleinen Aufmerksamkeiten, die er der Mutter zuwandte, nahm man nichts an. Der Vater wies jedes Geschenk zurück. So daß Mia einen schweren Stand mit ihm hatte.

»Laß nur, Kind,« sagte er, »behalte Deine paar Groschen, Ihr wißt nicht, ob Ihr sie nicht noch mal nötiger gebrauchen könnt als ich ...«

Mia hatte jetzt große Pläne. Sie wollte auch in der Kunst weiterkommen. Ihr alter Impresario hatte die Idee, die Konjunktur auszunutzen und Mia, von der ganz Berlin sprach, auf dem Varieté in großem Stil herauszubringen. Er ließ von einem bekannten Modeschriftsteller einen Sketch verfassen, einen sensationellen Einakter, in dem Mia alle Reize ihres Talentes zur Geltung bringen konnte.

Und vor allem sollte sie das Publikum durch eine unerhörte Pracht der Kostüme blenden. Die großen Kosten für die Inszenierung übernahm Werner. Einen Teil zahlte er Herrn Wilhelmi, dem Impresario, sofort an, während er sich verpflichtete, die Restsumme vor dem Antritt des ersten Engagements zu erledigen.

Mia ging mit Feuereifer an das Studium ihrer Rolle. Herr Wilhelmi tutete in die Reklametrompete und kündigte das baldige Auftreten der berühmten Kinodiva an.

Werner oblag seinem täglichen Dienst im Tempel der Fortuna. Ein Tag verlies wie der andere. Nach dem Mittagessen fuhr ihn sein Auto zur weißen Villa im Tiergarten. Dort erwartete man ihn mit Spannung. Mit resigniertem Gleichmut mischte er die Karten, schlug die Schläge, raffte das Geld zusammen. Verzog keine Miene, ob er gewann oder verlor. Denn es gab jetzt auch Tage, an denen sein Glück wankte, an denen der Croupier nicht mit der erbarmungslosen Harke über die grüne Fläche fahren konnte, sondern wo er die Einsätze verdoppeln mußte.

Werners Mienen blieben marmorgleich kalt und unberührt. Er hatte sich immer in der Gewalt und keiner sollte die Genugtuung haben, ihn zittern zu sehen.

Denn das Zittern überfiel ihn jetzt manchmal. Sein Guthaben auf der Bank schwand. In den letzten Tagen hatte ihn ein blödes Pech verfolgt. Die Spieler hatten von ihm einen Teil von dem zückgeholt, was sie gegen ihn verloren.

Noch war er ihnen über. Wenn es heute nicht ging, dann morgen – – –

Aber morgen versagte das Glück wieder. In wenigen Tagen hatte er fast den ganzen großen Gewinn eingebüßt.

Nun war er bald am Letzten.

Diese Zwanzigtausend Mark, die er bei sich in der Brieftasche trug, stellten das Kapital dar, das ihm geblieben.

Es dauerte nicht lange, bis er den letzten Hundertmarkschein auf das Tableau warf. Das Pech riß auch diesen an sich. Im Klub hatte er Kredit. Man wollte den »großen« Spieler halten. Aber dieser Kredit war auch bald erschöpft.

Dann kam es, wie es bei seinem wagemutigen Draufgehen kommen mußte: eines Nachts kehrte er nach Haus zurück ohne einen Pfennig Geld in der Tasche, ohne Hilfsquellen, ohne jede Aussichten.

Sein Onkel hätte ihm helfen können.

Nur einen Augenblick dachte er an den Generalkonsul.

Er gab es auf. Wußte im Vorhinein, daß er eine Absage bekäme.

Es wurde eine schlaflose Nacht.

Die Karten tanzten vor seinen Augen. Wenn er glaubte, ein wenig eingeschlummert zu sein, spielte er satanische Spiele im Traum, sah Haufen von Banknoten und Chips vor sich türmen.

Dann jagten sich seine Gedanken wie gehetzte Rehe. Suchten nach einem Schlupfwinkel, in den sie sich verkriechen hätten können.

Gegen Morgen verfiel er in einen totenähnlichen bleiernen Schlaf.

Die schrille Glocke der Eingangstür weckte ihn. Er hörte Mias lachendes Zwiegespräch mit seinem Diener.

Wie ein Wirbelwind stob sie in sein Schlafzimmer hinein. Umarmte den wie von einem Albdruck befreiten Geliebten.

»Langschläfer! ... Draußen scheint die herrlichste Sonne und Du verschläfst den Tag!«

Sie setzte sich auf sein Bett. Wie ein lustiges Geplätscher klang ihr Plaudern. Wieviel hatte sie ihm zu erzählen! Das Engagement wäre perfekt und schon in den nächsten Wochen das Debüt. Von der Pracht der Kostüme erzählte sie, die sie soeben gesehen: fix und fertig ... Uebrigens könnte er heute die Restrechnung erledigen, die paar Tausender, sie glaubte, es wären ungefähr 18 000 Mark. Sie hatte sich in den letzten Monaten an den Riesenverbrauch und die großen Summen, die Werner im Spiel umsetzte, so gewöhnt, daß sie den Wert des Geldes nicht mehr schätzte.

Mit einem Ruck erhob sich Werner im Bett.

Teufel auch! Jetzt noch die Verpflichtungen gegen Mia?

Er zwang sich mit aller Gewalt zur Herrschaft über sich selbst. Nur ein gequältes, müdes Verlegenheitslächeln hätte das Gewissen seiner Seele verraten können.

Aber Mias frohe Laune ließ sie auch bei ihren Mitmenschen nur das Schöne und Gute sehen. Ahnungslos war sie zu ihrem Freund gekommen, mit einem Ueberschuß an Lebensfreude, an der jeder teilnehmen sollte, der in ihren Weg träte.

Während Mia dem Diener Anweisungen für das Frühstück gab, überlegte Werner noch einmal seine Lage. Er machte sorgfältige Morgentoilette, denn er kannte keine Situation im Leben, auch nicht die prekärste, die er wenigstens äußerlich nicht als vollendeter Kulturmensch beherrschte. Aber sein Sinnen kam immer wieder auf den toten Punkt. Nichts, woran er sich klammern konnte.

Wie ein Blitz schoß ihm die Erinnerung an den alten Sandhofer durch das Gehirn.

Die Geldtasche – – –

Schon einmal zwang er das Glück.

Er fühlte die Kraft, es von neuem zu versuchen.

Verbrecher?

Er stand vor dem Spiegel, der in dem Kleiderschrank eingelassen war, und band kunstvoll die seidene Krawatte ...

Die Gesellschaft kennt die Moral des Nichtertapptwerdens.

Er blickte in den Spiegel und betrachtete aufmerksam seine totenbleichen Züge. Lächelte gezwungen sein Ebenbild aus dem Quecksilber an.

Warum sollte er ertappt werden?

Dieses Mal wollte er die Geschichte nicht so naiv anfangen, wie damals. Die lumpigen beiden Tausender!

Auf dem Gesicht vor sich im Spiegel zog sich ein überlegener Zug von der Nasenwurzel bis über die Mundwinkel.

Bagatelle! ...

Er wollte einen ordentlichen Griff tun. Die ganze Tasche mit dem Inhalt der Hunderttausende an sich reißen – – –

Als die Krawatte gebunden war und er die kleine Perlnadel hineingesteckt hatte, war der Plan fertig geboren. Bis auf alle Einzelheiten fertig. Und ruhig, mit dem Gefühl der Sicherheit des Gelingens ging er in das Speisezimmer, wo Mia ihn erwartete.

9. Kapitel.

Dem alten Sandhofer war es ganz recht, daß der Herr Werner sich mit ihm aussprechen wollte. Zu Hause, wo die Weibsleute zugegen waren, ginge es nicht so gut. Das war Männersache. Mußte zwischen ihnen beiden geregelt werden. Er saß mit dem jungen Mann in der kleinen Weinstube und konnte ungestört mit ihm die Pläne für die Zukunft seines Kindes machen.

Werner hatte den Kassenboten wie zufällig in der Nähe der Reichsbank getroffen, da er von Mia erfahren, um welche Zeit der Vater tagtäglich diesen Weg ging. Er bat ihn, mit ihm zu frühstücken. Einen Schluck würde er wohl nicht verschmähen. Ein guter Tropfen war des alten Sandhofers Achillesferse, sozusagen. Er leistete sich ihn zwar nicht häufig, aber er verstand ihn zu schätzen. Damals, als er in der rheinischen Garnison seine Dienstjahre machte, hatte er den Geschmack daran kennen gelernt und trotz aller bürgerlicher Zurückgezogenheit blieb ein heimliches Glas Wein oder ein gutes Glas Bier das einzige Laster des alten Mannes. Natürlich mit allem Maß, denn er wußte mit Bedacht die Grenzen zu ziehen und seinen klaren nüchternen Verstand durfte ihm auch Bacchus nicht verdüstern.

Die Beiden saßen in der kleinen Weinstube. In den Gläsern vor ihnen schillerte der goldgelbe Moselwein und Vater Sandhofer prüfte mit Kennerzunge den ausgezeichneten Jahrgang. Er hatte sich bequem in den Rücken des Sessels gelehnt, neben ihm auf den leeren Stuhl lag die Ledermappe. Mit einem bedeutungsvollen Lächeln sagte er, in dem er auf die Tasche zeigte:

»Man muß schon ein bißchen Acht auf das Ding geben – – Gebranntes Kind scheut das Feuer! ... nicht wahr? – – 'Ne hübsche Summe ist heute dadrin: 350 000 Mark ... lauter neue Banknoten!!«

Er lachte und trank.

Werner dachte darüber nach, wie er die Tasche an sich nehmen könnte. Er hatte den festen Entschluß, sie sich anzueignen. Er schenkte dem Alten wieder ein, veranlaßte ihn zu trinken. Bestellte eine neue Flasche. Wenn der Wein wirken würde, fände sich eine Gelegenheit ...

Mit gestecktem Ziel war er an die Ausführung des Planes gegangen. Hatte diese Unterredung über die Heirat mit Mia vorgeschützt, weil er wußte, daß der Alte darauf sofort anbeißen würde. Die Gelegenheit müßte sich dann ergeben, um in den Besitz der Tasche zu kommen oder ihr eine größere Summe zu entnehmen. Was weiter käme? ...

Er dachte nicht darüber nach. Das Glück hatte ihn schon einmal herausgeholfen – also vertraute er auf seinen Stern. Und wer würde daraus verfallen, ihm den Diebstahl zuzutrauen? Der Alte?... Seinen Schwiegersohn könnte der nicht ins Unglück stürzen, das täte er schon seinem Kinde zu Liebe nicht. Und die Polizei?

Der Gedanke an eine Kriminaluntersuchung schnürte ihm die Kehle zu. Ein verteufelt unangenehmes Gefühl. Mit einem Räuspern, als wenn er einen Fremdkörper aus dem Hals entfernen wollte, machte er sich davon frei.

»Prosit, Schwiegerpapa!« sagte er und trank dem Alten einen Schluck zu.

Der fühlte sich geehrt. Immerhin kommt sein Mariechen in eine bessere Position. Sie wird die Frau eines vornehmen Herrn und die Nichte vom Generalkonsul Kunzmann.

Ein leises Kichern ertönte. Werner drehte sich nicht um. Er war so sehr mit sich beschäftigt, daß er sich um die Umgebung nicht kümmerte. Hinten in der Ecke am runden Tisch saß eine elegante junge Dame mit einem ebenso eleganten Herrn. Die beiden schienen in angelegentlicher Unterhaltung begriffen zu sein. Die Dame schlürfte eine Auster und der Herr spritzte die Zitrone auf eine neue, die er ihr zurecht zu machen im Begriffe war.

Der Alte war aufgestanden und sagte:

»Der Wein ist gut, Donnerwetter! ... Aber nun ist's genug, wenn ich zurückkomme, gehen wir.«

Er verschwand hinten in der kleinen Tür.

In diesem Augenblick trat der Herr von dem runden Tisch hinten in der Ecke an den Garderobenständer, der neben dem Stuhl stand, auf dem der alte Sandhofer gesessen und nahm seinen Ueberzieher und Hut, die der Kellner dort ausgehängt hatte.

Werner glaubte, daß jetzt die Gelegenheit wäre, an die Tasche heranzukommen. Er wartete einen Augenblick.

Gott sei Dank, der Alte beeilt sich nicht.

Jetzt also ...

Als er die Tasche an sich reißen wollte, hörte er einen aufgeregten Wortwechsel hinter sich am Tisch, der zwischen dem Herrn, dem Kellner und dem dazugetretenen Wirt stattfand. Die junge Dame kreischte in den höchsten Tönen und Werner konnte kaum glauben, daß das dieselbe Stimme war, die eben noch wie ein Vögelchen gezwitschert hatte.

Die Aufregung hinten schien immer größer zu werden. Schimpfworte flogen. Werner vernahm etwas von gemeiner Uebervorteilung, Nepperei und ähnlichen Anschuldigungen. Schließlich warf der Herr eine Banknote auf den Tisch, zog seine Begleiterin am Arm und ging mit drohender Gebärde aus dem Lokal.

Werner hatte dem Auftritt gespannt gefolgt und darüber einen Augenblick an die Tasche vergessen. Jetzt, da er wieder daran dachte, stand der alte Sandhofer am Tisch, der noch die letzte Szene mit angesehen und fragte:

»Was war denn los?«

Werner erzählte. Der Kellner kam und gab Einzelheiten.

Der Wirt sagte, daß ihm so eine unverschämte Bande noch nicht vorgekommen wäre, so lange er sein Geschäft hätte.

Werner dachte, daß die Gelegenheit, an die Tasche heranzukommen, nun verpaßt wäre.

Was nun?

Der Alte hatte seinen Hut aufgesetzt und war zum Weggehen bereit, Werner hatte dis Rechnung bezahlt.

Da schrie der Alte auf:

»Meine Tasche? ... Wo ist meine Tasche?«

Mit gläsernen Augen, schreckerfüllt, starrte er auf den leeren Stuhl neben sich, auf dem die Tasche fehlte.

Werner war aufgesprungen. Auch er blickte ratlos umher.

Der Alte schrie in einem fort:

»Meine Tasche! ... Wer hat meine Tasche gestohlen?«

Einen bösen Blick heftete er auf Werner.

Der Wirt eilte hastig an den Tisch. Was denn nun schon wieder passiert wäre. Ob man denn heute den Teufel auf seine Weinstube losgelassen hätte? ... Die Ledertasche? ... Darin wären 350 000 Mark enthalten gewesen? ... Er zuckte mit den Schultern. Bedauerte. Aber man dürfte nicht so leichtsinnig mit so viel Geld umgehen und die Tasche einfach auf einen Stuhl legen, während man ein Bedürfnis zu verrichten gehe...

Der Kellner telephonierte inzwischen an die Polizei. Aber der Kriminalwachtmeister, der bald danach ankam, konnte nur den Sachverhalt protokollieren.

Dann verliessen der alte Sandhofer und Werner das Lokal.

Auf der Straße, als sie sich trennten, sagte der Alte – die Worte kamen gequetscht aus dem Munde, als wenn die Nerven den Dienst versagten –

»Sie wissen nichts von der Tasche, Herr Kunzmann? – – Sie könnten es vielleicht wissen ...?«

Er sah ihn argwöhnisch an.

»Wie damals? ...« fuhr er fort.

Er sah ihn wieder mit zusammengekniffenen Augen von der Seite an.

»Einmal hatten Sie sich doch schon mit meiner Tasche was zu tun gemacht? ... Haben Sie sie nicht auch heute auf die Seite geschafft?«

Werner erschrak. Der Alte hatte ihn erkannt. Wenn ihm der Plan gelungen wäre, hätte der Alte ihn bestimmt als Täter angegeben –

Die Tasche blieb verschwunden. Man durchsuchte das ganze Lokal noch einmal. Die Großbank übergab den Fall einem Detektiv, dessen Erfolge ihn bekannt gemacht haben. Aber von dem Geld und von der Tasche blieb keine Spur zu entdecken.

In der Bank herrschte große Aufregung. Nicht so sehr das Abhandenkommen der Geldsumme verursachte diese, sondern die offen zu Tage getretene Unzeverläßlichkeit eines Beamten, dessen langjährige Bewährtheit ihn bisher jeden Zweifels enthoben hatte. Er tat der Direktion leid, aber sie mußte die Schlußfolgerung ziehen und entließ den alten Sandhofer.

Ein böser Stern leuchtete über dem Haus in der Pestalozzistraße.

10. Kapitel.

Das Heim des Viktoria-Klubs lag in einer der vornehmsten Straßen des Tiergartens. Die exklusiveste Gesellschaft verkehrte dort und es gehörte zum guten Ton, Mitglied dieses Klubs zu sein.

Der Generalkonsul Kunzmann selbst war vor mehreren Jahrzehnten unter den Gründern gewesen. Auch jetzt noch, trotzdem er es nicht liebte, seine Villa im Grunewald zu verlassen, erschien er von Zeit zu Zeit in den behaglichen Räumen, um ein paar Stunden beim Poker oder Skat mit alten Freunden zu verbringen.

Der ganze Komfort verwöhnter Luxusmenschen beherrschte das Klubhaus. In dem großen Speisesaal hatte man die Annehmlichkeiten einer erstklassigen Hotelverpflegung, in dem Bibliothekzimmer konnte man sich zur Lektüre oder zur Korrespondenz zurückziehen. Fremdenzimmer, Baderäume, Frisierkabinetts waren vorhanden, so daß man seinen Lebensbedarf dort vollständig befriedigen konnte. Eine Sehenswürdigkeit aber waren die Spielsäle mit den großen grünen Tischen. Das Raffinement englischer Klubkultur verband sich mit der Praxis französisch-montecarlinischer Spieltechnik. Aber auch stille Winkel mit weichen molligen Sitzgelegenheiten gab es, in denen man mit guten Bekannten plauderte, oder man zog sich in das Billardzimmer zurück, um dort in Hemdsärmeln eine Art Leibesübung zu verrichten, die diesen Geschäfts- und Verstandesmenschen eine vorzügliche Auslösung bedeutete.

Werner, der Neffe des Generalkonsuls, war ein gern gesehenes Mitglied des Klubs. Im Gegensatz zu seinem Onkel verkehrte er dort regelmäßig, tagtäglich. Der Klub war seine zweite Heimat geworden. Nach dem Zerwürfnis mit dem Onkel noch mehr wie früher. Der Generalkonsul hatte den Klub seither vermieden. Er wollte nicht mit dem Neffen zusammenstoßen. Keiner Einladung folgte er mehr und auch seine ältesten Freunde waren nicht imstande, ihn wieder in die weiße Villa zu locken.

Als der alte Sandhofer, noch den Schrecken in den Gliedern, Werner vor der Weinstube verlassen hatte, um in das Bankgebäude zurückzukehren, stand dieser ratlos mitten im Gewühl der südlichen Friedrichstraße. Auch er hatte noch nicht den seltsamen Vorfall überwunden. Ein Schauer durchfuhr ihn immer wieder, wenn er daran dachte, wie nahe er dem Abgrund des Verbrechens gewesen war. Aber was sollte er jetzt anfangen? Seine Lage war eine verzwickte. Keine Aussicht auf irgendeine Möglichkeit, aus dem Morast herauszukommen.

Er schlenderte mit unsicheren Schritten die Straße hinunter, bog in die Leipziger Straße hinein, ging wie ein Nachtwandler durch das Getümmel der Menschen, überquerte den Potsdamer Platz, wandelte unter dem Laubdach der alten Bäume durch die Bellevuestraße in den Tiergarten. Als er sich vor dem Klubhaus befand, hatte er unbewußt den Weg dahin eingeschlagen, als ob er sich an einen Ort retten wollte, von dem ihm das Heil kommen könnte.

Nun mußte ihm das Spiel die einzige Rettung bringen. Aber ohne Kapital war das ein schwieriges Unterfangen. Und seinen Kredit hatte er erschöpft ...

Während er die breite Freitreppe zu den oberen Räumen hinaufschritt, dachte er daran, daß Mia ihm eine Fessel geworden wäre.

Diese Weiber ...?

Er liebte das Mädel wohl. Liebe ohne Betriebsstoff ist eine langweilige Angelegenheit. Wo kein Geld ist, fliegt sie zum Fenster hinaus.

Solange er sich nicht mit den Frauen eingelassen, das heißt ihnen nicht einen Teil seines Selbst geopfert, war er glücklicher, freier. Jetzt hatte er auch diese Freiheit verloren und nun wollten sie ihn auch noch ganz einspannen in das Joch.

Sie würden ihm in der Pestalozzistraße wieder mit dem gräßlichen Heiratsprojekte kommen. Und er wußte, daß er dem nicht entrinnen konnte. Das war die Folge der Dummheit, die er damals gemacht, als er sich zu der kleinen Enteignung hatte verleiten lassen. Der Fluch der bösen Tat ...

Er fühlte, daß er auf einer schiefen Ebene angelangt war. Er war sich seiner nicht mehr ganz sicher. Wenn er nur den Onkel einmal zu fassen bekäme, sich mit ihm aussprechen könnte!

Er, Werner Kunzmann, Assessor und einstmals der Erbe des großen Kunzmannschen Vermögens (wenigstens hielt man ihn noch dafür, trotzdem der Familienzwist öffentlich bekannt war), Mitglied des vornehmsten Klubs der Stadt, Anwärter auf eine große Karriere, würde der Gatte einer kleinen Tänzerin und Filmdiva werden? Und mußte die Zukunft seines Lebens der Gunst der Karten in die Hand geben?

»Zum Teufel noch einmal!« brummte er vor sich hin.

»Verehrtester, Sie scheinen in gar nicht guter Laune zu sein? ... Geschmissen?« fragte ihn Baron Ralsky, der hinter ihm die Treppe hinaufstieg, »Sie werden noch mehr Pech haben, wenn Sie sich mit so einem bösen Gesicht an den Tisch setzen – –«

Werner lächelte gezwungen.

»Sie sind in der Pechsträhne, mein Lieber,« sagte der Baron, »ich habe Sie die letzten Wochen beobachtet. Sie müssen sich einen Dreh geben, dann schlägt die Geschichte wieder um.«

Die beiden Herren setzten sich in eine Ecke und tranken den vom Diener servierten Kaffee.

»Wissen Sie,« unterbrach der Baron plötzlich das Gespräch, das allerhand gleichgültige Dinge streifte, »wenn Sie wollten, könnten wir gleich heute eine Menge Geld machen – Halbpart natürlich!«

Der Baron Ralsky hatte bei den letzten Worten seiner Stimme einen Flüsterton gegeben.

Werner schaute ihn an. Er begriff sofort. Der Baron saß vor ihm mit seinem hart geschnittenen Teufelsschädel, auf dessen glatter Billardkugel die Kerzen der elektrischen Girandole ein starkes Glanzlicht warfen. Ein kleiner schwarzer Schnurrbartansatz unter der gebogenen Nase gab dem Gesicht etwas Abenteuerliches.

Unter dem Einglas zwinkerte der Baron, so daß man über den Ausdruck seiner grauen Augen im Ungewissen bleiben mußte. Er hatte sich sehr in der Gewalt und seine vollendeten Umgangsformen und die Sicherheit seines Auftretens veranlaßten die Menschen, die mit ihm in Berührung kamen, ihn für einen über allen Zweifeln erhabenen Ehrenmann zu halten. Er ließ nicht leicht jemand in die Untiefen seiner Seele schauen. Er gehörte einer guten Familie an, irgendeiner Familie Transleithaniens, aber man kümmerte sich nicht um seinen Ursprung und begnügte sich mit seiner dekorativen Erscheinung, die überall ausgezeichnet in den Rahmen paßte.

Kleine unlautere Gerüchte über ihn tauchten wohl manchmal auf. Kleine Blasen im Wasserglas des gesellschaftlichen Lebens. Man ging darüber hinweg. Man hätte zuviel zu tun, um alles zu kontrollieren, was die lieben Mitmenschen einander sich angenehmes und unangenehmes in die Schuhe schieben.

An alle diese Dinge dachte Werner, als der Baron im Flüsterton ihm mit dem Anerbieten kam, mit ihm halbpart zu machen.

»Wollen wir eine Partie Billard spielen?« fragte der Baron, jetzt wieder laut sprechend.

Ohne Werners Antwort abzuwarten, stand er auf, so daß Werner gezwungen war, ihm zu folgen.

Als sie die ersten Bälle gemacht, ging der Baron zur Tür des Billardzimmers und machte sie zu.

Dann erklärte er seinen Plan. Klipp und klar mit dürren einfachen Worten. Fügte nur hinzu, daß, wenn man am Ende sei, man suchen müßte, wieder den Anfang zu finden.

»Corriger la fortune ...?«

Er lachte bitter auf.

»Die Menschen setzen das unter Strafgesetzparagraphen ...«

Er zuckte mit den Schultern.

»Es ist übrigens eine der gefahrlosesten Angelegenheiten und von allen Betrügereien die fairste – wenn Sie so wollen!«

Eine große Dosis Selbstironie schüttete er über sich aus.

Werner hörte sprachlos zu. Er begriff den ganzen Umfang des Unternehmens. Sah das Unanständige, das Gemeine.

Was blieb ihm übrig?

Wenn er die Tasche des alten Sandhofer entwendet oder ihr wieder ein paar Banknoten entnommen hätte, wäre das vielleicht noch verbrecherischer gewesen.

Jetzt handelte er sich um eine einfache fast kavaliermäßige Schiebung, bei der sogar die Gefahr der Entdeckung äußerst gering war.

Stillschweigend nickte er.

Der Baron stellte das Queue in die Ecke und zündete eine Zigarette an.

» Bon, mon cher, nachher übernehme ich die Ecarté chouette und Sie wissen, was Sie zu tun haben ... Abrechnen werden wir bei mir zu Hause.«

Spitzbübisch lächelnd fuhr er fort:

»Man muß jedes Aufsehen vermeiden. Hier ist meine Karte: Meineckestraße 187. Wenn ich den Klub verlassen habe, folgen Sie mir im Auto ... Also nun los, wir wollen ein bißchen – – wie sagt man? – – corriger la fortune ...«

11. Kapitel.

Der alte Sandhofer saß zu Hause und grübelte über sein Mißgeschick. Er machte sich Selbstvorwürfe, daß er so leichtsinnig mit fremdem Gut umgegangen. Alle Trostworte seiner Frau und alles Gute, was sein Mariechen anschleppte, konnten ihn nicht wieder ins Geleis bringen. Nicht einmal das Aufgebot zwischen Mia und Werner entlockte ihm ein Lächeln. Düster saß er in dem gelben Strohsessel am Fenster und starrte auf die Straße, wenn er nicht in der Zeitung las. Man hatte den Fall des Kassenboten Sandhofer in den Blättern breitgetreten, ihn mit allen Einzelheiten geschildert, brachte alle Augenblicke Andeutungen von Spuren, die entdeckt sein sollten. Bei jeder Nachricht, die er las, durchzuckte es den Alten. So weit war es also mit ihm gekommen, daß sein ehrlicher Name durch der Leute Mund gezogen wurde.

Diese Zeitungsschreiber! Einige von diesen gebügelten Herrchen waren sogar in seiner Wohnung gewesen und hatten ihn ausfragen wollen. Aber er wies sie ab. Dafür konnte er denn am Abend die genaue Beschreibung seiner Wohnung lesen und er selbst war geschildert, als wenn sie von ihm ein Konterfei genommen hätten.

Es war zu dumm bei alledem, daß er sich nun hier in der Bude einschloß. Das dachte er, da er auf die Straße schaute, über die die Herbstsonne ihr blankschimmerndes Licht gegossen. Er wollte sehen, irgendwo wieder unterzukommen. Aus den Anzeigen der Morgenpost hatte er sich einige Stellen ausgeschnitten. Wenn er erst wieder Arbeit hätte, vergäße er das Geschehene.

Mia trat gerade in das Zimmer, als er sich zu dem Entschluß aufgeschwungen, auszugehen. Auch sie war im Begriff, Einkäufe zu machen.

»Das ist recht, Vater ... nun zerstreue Dich auch mal ein Bißchen!«

Sie entnahm der goldenen Tasche, die sie am Arm trug, eine Banknote und reichte sie dem Vater hin.

»Hier - - amüsiere Dich damit, trinke ein Glas Wein irgendwo, dann kommst Du auf andere Gedanken!«

Als der Alte das Geld nicht nehmen wollte, sagte sie lachend:

»Ach was, das gibt Dir Werner, der hat's jetzt wieder – –weißt Du, altes Väterchen, wir liegen jetzt wieder gut! Werner verdient viel Geld – –«

Voller Freude zeigte sie ihm die goldene Handtasche.

»Die hat er mir gestern mitgebracht – – er ist ja 'n bißchen leichtsinnig mit seinen Geschenken. Na, wenn wir erst verheiratet sind, übernehme ich die Kasse!«

Sie lachte im Uebermut ihrer jungen Jahre.

»Laß den Kopf nicht hängen, altes Väterchen, wir werden für Dich sorgen, Du brauchst überhaupt nicht mehr zu arbeiten –«

Sie flog wie ein lustiger Schmetterling aus dem Zimmer und der Alte horchte noch, gebannt von dem fröhlichen Lachen der Tochter, auf das Geräusch der sprunghaften Schritte, mit denen sie die Treppen hinuntertänzelte.

Dann machte auch er sich zurecht und ging aus ...

In der kleinen Wirtschaft an der Ecke saß er nun vor einer Flasche dunkelgelbflüssigen Rheinweines.

Ja, das war noch ein Tröster im Unglück, dieser gute Tropfen!

Er hatte an dem großen runden Tisch Platz genommen, an dem er manchmal mit Freunden des Abends einen Schluck nahm und auf dem der große Aschenbecher stand mit einer Zinkgußsiegessäule, die innen hohl war. Da steckten alle, die am Tisch saßen, Geldstücke hinein, oben in den Schlitz, den die Viktoria im Kopf hatte, und das gesammelte Geld wurde dann an den Invalidendank zu einem guten Zweck abgeführt.

Der Tisch hatte etwas gemütliches. Das große Schild, das ein Herold, der auch aus Zinkguß war, als Banner trug und das in großen Buchstaben das Wort: »Stammtisch« zeigte, trug zu dieser Gemütlichkeit bei. Hier in dieser dunklen Ecke, die eine Hängelampe erleuchtete, so daß nur die Tischplatte im Lichtkreis lag, fühlte man sich wohl. Selten wagte es ein Fremder, sich dort niederzulassen, so daß man eigentlich wie zu Hause war.

Die Flasche war fast leer. Der alle Sandhofer dachte, daß es für heute genug wäre. Er hatte die ganze Zeit allein gesessen. Jetzt kamen allmählich die Freunde aus der Nachbarschaft, die nach Geschäftsschluß und nachdem sie zu Hause das Abendbrot gegessen, noch einen Schoppen genehmigen wollten.

Sandhofer bestellte etwas zu Essen und blieb.

Der Wirt trat mit einem Herrn an den Tisch, den er vorstellte.

»Herr Doktor Winninger bittet um die Ehre, in der Runde Platz nehmen zu dürfen –«

Der Herr Doktor hätte die Absicht, sich in der Gegend niederzulassen und möchte gern Fühlung mit den maßgebenden Persönlichkeiten nehmen.

Natürlich war man gern bereit und die Herren rückten zusammen, um dem neuen Ankömmling Platz zu machen.

Bald war die Unterhaltung im besten Gang. Politik und Tagesereignisse bildeten die Stoffe. Vor allem sprach man von einem sensationellen Kriminalfall, der alle Gemüter beschäftigte.

Der Doktor behandelte das Thema vom medizinischen Standpunkte aus. Er setzte die Worte wohlgeordnet und man folgte ihm mit Interesse. Er hielt einen Vortrag über den Leichtsinn, der die Wurzel alles Uebels sei. Er kam zur Schlußfolgerung, daß ein großer Teil der Verbrechen auf dem Leichtsinn, der Unachtsamkeit derjenigen sich aufbaute, an denen das Verbrechen vorgenommen würde.

Erst in jüngster Zeit wäre der Fall des Kassenboten bemerkenswert gewesen, dem in einer Weinstube 350 000 Mark gestohlen wurden ...

Alle blickten zu Sandhofer hinüber.

Natürlich basierte die Berechnung des Verbrechers auf dem Leichtsinn des zu Bestehlenden. Wie konnte er auch ein ihm anvertrautes Gut so unachtsam neben sich legen.

Einer aus der Runde zeigte auf den alten Sandhofer.

»Da sitzt ja der Sandhofer – – siehst Du« wandte er sich an ihn, »ich habe es gleich gesagt, wie kann man so 'ne Tasche nur 'n Augenblick aus der Hand lassen – – Das hast Du nun davon, armer Kerl!«

Der Doktor entschuldigte sich. Er hätte vorhin den Namen überhört. Er bitte um Verzeihung wegen seiner Taktlosigkeit.

Aber Sandhofer war nicht böse. Das, was er soeben gehört, gab ihm sein moralisches Gleichgewicht wieder. Er dankte im Stillen dem Doktor für die Auslegung des Vorfalles. Daß die Welt also nicht schlecht von ihm denke, daß man keinen Verdacht auf ihn habe ...

Jeden Abend ging er nun in die Wirtschaft an der Ecke. Einige Male traf er wieder mit dem Doktor Winninger zusammen. Die beiden hatten fast Freundschaft miteinander geschlossen und der Alte klagte ihm alle die Dinge, die ihm die Not des Tages bedeuteten. Oft sprachen sie von dem Taschenraub, aber man kam niemals zu einem positiven Resultat. Den Doktor schien der Fall zu interessieren, er fragte alle Einzelheiten, gab dem Alten Ratschläge, wollte ihn auf eine Spur führen.

Trotzdem Mia für den Haushalt und das Taschengeld des Alten in reichlichem Maße sorgte, dachte dieser immer an die Möglichkeit, einen Posten, der seiner würdig, zu erhalten. Aber es wurde ihm schwer, unterzukommen. In den großen Betrieben war man mißtrauisch, wenn er seinen Namen nannte und sein Zeugnis von der Bank las. Sein »Fall« war noch in frischer Erinnerung.

Er hatte in dem Büro eines großen Industriewerkes vorgesprochen, das eine für ihn sehr passende Stellung ausgeschrieben hatte. Auch dort speiste man ihn mit höflichen Phrasen ab und der Prokurist erlaubte sich sogar Bemerkungen über die dumme Taschengeschichte. Aergerlich und zugleich zerrüttet im Innern über sein Mißgeschick, wanderte Sandhofer den Weg nach Haus. Als er an die Ecke seiner Straße angekommen, trat er in die Wirtschaft ein.

Nur vergessen an das Leid wollte er. Sich betäuben.

Er trank mit schnellen Zügen. Er bestellte eine neue Flasche, leerte auch diese und er fühlte, daß sich ein Dunstschleier um seine Seele legte, durch den er die Wirklichkeit in rosenfarbenen Punkten schaute, die wie kleine lustige, bunte Steine in der Luft um ihn herumschwirrten.

Doktor Winninger hatte sich an den Tisch gesetzt. Es war ganz leer im Lokal und der Kellner saß schläfrig hinten am Büffett und gähnte.

Nachdem er dem Doktor das Mittagessen serviert, verschwand er in die Küche hinein.

Der Doktor und der alte Sandhofer waren ganz allein. Dem Alten lag heute die Zunge auf dem Herzen. Er mußte jemandem sich offenbaren. Der Doktor war sein Freund, das stand nun fest, er wollte keinen anderen als ihm sich anvertrauen.

Er trank in einem fort, als wenn er sich Mut schaffen wollte.

Der Doktor blickte ihn von der Seite an und redete ihm freundlich zu.

»Lassen Sie nur, Herr Sandhofer, das geht alles vorüber, in einem Jahr denkt kein Mensch mehr an die Geschichte. Und dann bekommen Sie wieder eine Stellung!«

Nein, nein – – er wäre Zeit seines Lebens ein ehrlicher Mann gewesen, antwortete der Alte. Er gluckste, vom vielen Weingenuß in der Sprache gestört, und die Worte kamen lallend aus dem Mund.

Er wäre kein Trunkenbold – aber das Elend müßte man ersaufen, sonst fräße es einen auf ...

Wenn er bloß das Schreckliche los werden könnte, was ihn die ganze Zeit quäle –!

»Ihre Kinder sorgen doch für Sie, Herr Sandhofer, der Herr Kunzmann ist ein vermögender Mann – und jetzt, wo er ihre Tochter geheiratet, brauchen Sie sich doch nicht mehr zu genieren, von ihm eine Unterstützung anzunehmen,« sagte der Doktor.

Mia und Werner waren inzwischen in aller Stille standesamtlich getraut worden.

Der Alte schlug mit der Hand auf den Tisch.

»Das ist es ja!« schrie er, »ich will von dem Sündengeld nicht leben – habe mein Lebtag von meiner Hände Arbeit mich ernährt –!«

Der Doktor horchte auf. Aber er schwieg.

Der Alte sprach jetzt in einem fort, als wenn endlich bei ihm der Damm durchbrochen wäre, der ihn gehindert hatte, die Flut seiner Gedanken zu Tage zu fördern. Von dem Glück, das er mit seiner Tochter erlebt, erzählte er. Wie sein Mariechen vorwärts gekommen wäre, bis sie eines schönen Tages den Bräutigam ins Haus gebracht, diesen Leichtfuß, den Werner. Wie alles auf den Kopf gestellt wurde, daheim sowohl wie draußen. Ein Spieler wäre der Herr Werner, nichts weiter. Von seinem Onkel, dem Generalkonsul, herausgeworfen und enterbt. Wegen seines Mariechens!

Er lallte und überschlug die Stimme, denn ihm kamen Tränen in die alten Augen.

Das würde keine anständige Ehe geben – mit einem Nichtstuer und Spieler endige es nicht gut.

Und dann erzählte er von den beiden Tausendmarknoten, die Werner ihm damals aus der Tasche genommen. Wer so etwas einmal getan, dem traue man auch noch anderes zu. Und wenn er nicht jetzt der Mann seiner Tochter wäre, würde er dem Staatsanwalt schon einen Wink gegeben haben – – –

Er fiel trunken und zugleich betäubt von seelischer Aufregung mit dem Kopf auf den Tisch und schluchzte.

»Mein armes Mariechen!« stöhnte er.

Der Doktor hob ihn sanft in die Höhe und sagte:

»Das sind ja Hirngespinste, lieber Herr Sandhofer, Herr Kunzmann ist eines solchen Verbrechens nicht fähig.«

Der Alte schaute ihn mit dem Blick eines geschlagenen Hundes an. Er klammerte sich an den Doktor und wimmerte:

»Nein, ich will es ja auch nicht glauben – und es ist ja eine Gemeinheit, wenn ich nun mein eigen Fleisch und Blut in die Schande bringe – – – aber wo hat der Werner jetzt immer das viele Geld her?«

Doktor Winninger klopfte an das Glas, so daß der Kellner, der hinten am Büffett eingeschlafen war, aufsprang und zum Tisch eilte.

Nachdem die Beiden gezahlt hatten, führte der Doktor den alten Sandhofer langsam aus dem Lokal und brachte ihn bis zu seiner Haustür. Die frische Luft hatte ihn wieder nüchtern gemacht.

Als der Doktor Abschied nahm, sagte der Alte:

»Nichts für Ungut, Herr Doktor, und was ich gesagt, bleibt unter uns – nicht wahr?«

Der Alte trat in das Haus.

Der Doktor rief ein vorüberfahrendes Auto an:

»Chauffeur, zum Polizeipräsidium!«

12. Kapitel.

Der Generalkonsul war in fiebernder Aufregung nach Hause gekommen. So hatte ihn sein Diener Fritz noch niemals gesehen in allen den langen Jahren, die er um ihn gewesen. Der alte Herr zitterte am ganzen Körper und wollte nicht einen Bissen von dem Essen anrühren, das ihm Fritz servierte. Voller Unwillen schob er die Schüsseln von sich weg, blickte wie abwesend auf das Tischtuch, als ob er die Untiefe eines geheimnisvollen Sees ergründen wollte.

Fritz war ganz verzweifelt. Verschiedene Male machte er den Versuch, seinen Herrn nach dem Grund seiner Verstimmung zu fragen. Aber er wagte es nicht, denn er kannte das heftige Temperament des Alten, seine Verschlossenheit allen Menschen, selbst seinem treuen Faktotum gegenüber.

Nach einer Stunde klingelte er dem Diener.

Er saß vor seinem Schreibtisch, gebrochen und in sich gesunken.

Mit tonloser Stimme sagte er, indem er den Diener mit einer Handbewegung einlud, näher zu ihm heran zu kommen:

»Fritz, hältst Du den Werner für einen schlechten Kerl?«

Der Diener wußte nicht zu antworten und schwieg aus Verlegenheit.

»Also auch Du meinst, daß er gut ein Verbrecher sein könnte – –«

Der Generalkonsul stöhnte.

Der alte Diener stammelte eine Entschuldigung.

Auf keinen Fall dächte er so schlecht vom jungen Herrn. Was denn nur vorgekommen, fragte er, weshalb wäre der Herr Generalkonsul so niedergeschlagen?

Der Generalkonsul erzählte:

»Heute Mittag, kurz bevor ich das Büro verlassen wollte, meldete man mir einen Herrn Kimbell. Als wir allein waren, legitimierte er sich als Geheimpolizist ...«

Der Alte hielt inne.

Fritz fragte in angstvoll ahnendem Gesicht:

»Am Gotteswillen – – Wegen des jungen Herrn?«

»Ja – wegen Werner war er zu mir gekommen, im Namen des Staatsanwalts –«

Dem Diener stockte der Atem. Gespannt beugte er sich vor.

»Das ist nicht möglich – nein –!«

»Es ist so,« unterbrach ihn der Generalkonsul, hart und mitleidslos, »der Junge hat gestohlen – Sie wollen ihn verhaften!«

Der Detektiv hätte ihm die Verdachtsgründe mitgeteilt. Die Geschichte mit den beiden Tausendmarkscheinen habe ihm der Kassenbote Sandhofer selber anvertraut. Für den Raub in der Weinstube in der Friedrichstraße käme daher Werner als Täter in Betracht. Man habe zwar noch keine Indizien, die zu einer schlanken Verurteilung führen könnten, man müßte jedoch den Herrn Assessor wegen Kollisionsgefahr in Untersuchungshaft nehmen. Der Detektiv hätte aber den direkten Auftrag vom Polizeipräsidenten, der ein langjähriger Freund des Generalkonsuls war, ihn von der Affäre vorher zu unterrichten. Der Präsident stellte ihm anheim, seinen Neffen persönlich ins Gebet zu nehmen und ihn zu einem Geständnis zu veranlassen.

»Man würde vielleicht Mittel und Wege finden,« schloß der Generalkonsul seine Erzählung, »die Geschichte aus der Welt zu schaffen ...«

Dem alten Diener war der Schrecken in die Glieder gefahren. Jetzt zitterte auch er vor Aufregung.

»Was machen wir nun, Fritz?« fragte der Generalkonsul. Seine Stimme klang leise und matt.

»Er hat das Mädchen geheiratet – – diese Tänzerin oder Filmschauspielerin – – der Detektiv sagte es mir ...«

»Ich werde zu ihm gehen und mit ihm sprechen, Herr Generalkonsul,« meinte der Diener.

»Das Aeußerste darf nicht geschehen! – Der Junge muß gerettet werden! – – Mein Name ist in Gefahr! Die Schande überlebe ich nicht – –«

Der Generalkonsul war aufgestanden und schritt mit festem Fuß durch den Raum, ihn von einer Ecke zur anderen durchquerend.

»– – diese Geschichte mit den beiden Kassenscheinen ist nur ein Dummerjungenstreich – Gut! – – Aber das andere traue ich ihm nicht zu – – Er kann kein Verbrecher sein! Ein Leichtfuß ist er, ein Spieler vielleicht, aber kein schlechter Mensch!! ...«

Er blieb vor Diener stehen, schaute ihn fragend an.

Fritz sagte:

»Der Herr Generalkonsul hätten ihn vielleicht doch nicht so auf die Straße werfen sollen – wo er doch so an dem Herrn Onkel hing! – – ich weiß es, er hat noch manchesmal mit mir telephoniert und nach dem Herrn Generalkonsul gefragt ...«

»So ...«

Der alte Kunzmann tappte im Zimmer umher. Unruhig, nervös. Dann warf er sich in den weichen Sessel, der am Kamin stand, und drückte den Kopf in die Hände.

Lautlose Stille lag im Raum.

Ein verhaltenes Schluchzen ertönte, als ob plötzlich auf einer Geige eine Saite springt.

»Du hast Recht, Fritz – – ich war zu hart gegen ihn,« stöhnte der Alte im Sessel.

»Wenn Sie es wieder gut machen könnten ...?« wagte der Diener schüchtern einzuwenden.

Der Generalkonsul richtete sich auf.

»Sprich Du mit diesem Mädchen – – seiner Frau ... ich will sehen, ob wir es noch in Ordnung bringen können.«

Der alte Diener ging.

Er hatte im Herzen seinen jungen Herrn noch nicht aufgegeben.

Gegen Abend teilte der Detektiv dem Generalkonsul telephonisch mit, daß man noch auf eine neue Spur in der Geldtaschenaffäre gekommen sei. Es wären im Lokal ein Paar weiße Damenglaceehandschuhe gefunden worden und zwar unter der Eckbank, die den Nebentisch umgäbe, an dem Werner und Sandhofer gesessen hätten.

Der Generalkonsul atmete erleichtert auf. Also ein kleiner Hoffnungsstrahl! Aber gleichzeitig sagte der Detektiv, daß er den Quellen des kolossalen Aufwandes, die der Herr Assessor macht, nachgehen müßte.

Also hatte der Junge Einkünfte, die rätselhaften Ursprungs waren?

Von seinen Freunden im Klub hatte der Generalkonsul mit Genugtuung gehört, daß sein Neffe seit langem fast gar nicht mehr spiele, sondern nur zuschaue. Man hatte ihn schon den »vereidigten Kiebitz« getauft. Und man achtete seine Zurückhaltung jetzt, da sein wahnsinniges Hazardieren früher sehr mißbilligt worden war.

Der Generalkonsul konnte den ganzen Abend nicht von dem Gedanken loskommen, daß trotz allem etwas nicht stimmte.

Er machte sich Vorwürfe über seine Härte, er zerfleischte sich selber und nahm sich vor, Recht für Unrecht gelten zu lassen, zu vergessen, wenn nur die Ehre seines Namens geschützt bliebe.

Mit Spannung erwartete er die Rückkunft des Dieners.

Aber Fritz konnte nicht viel berichten. Er erzählte von der Freude Mias, als sie des Onkels Entschluß hörte, sie bei sich aufzunehmen. Von Werners Leben schien sie keine Ahnung zu haben. Auch von der kleinen Diebstahlsgeschichte, die Fritz ganz vorsichtig andeutete, wußte sie nichts. Sie glaubt, daß Werner Vermögen besitzt oder große Geschäfte macht und in ihrer lustigen Sorglosigkeit denkt sie nicht über das Wie und Woher nach. Sie klagt nur über den Verfall ihres Vaters, den das Unglück, das ihn betroffen, ganz niedergebrochen und zum Trinker gemacht hat. Der säße jetzt die Tage und Nächte in der Kneipe und seine Nerven wären ganz zerrüttet. Auch sein Stolz hätte gelitten und es käme vor, daß er, was er früher niemals getan, jetzt seine Tochter um ein paar Mark anginge, damit er Geld zum Trinken hätte ...

»Ein schlimmes Familienbild!« meinte der Diener.

»Bei der Tochter in Saus und Braus, bei den Eltern Kümmernis und Verfall!«

»Aber sie ist ein liebes Geschöpf, die kleine Frau Mia,« fuhr Fritz fort, »und liebt den jungen Herrn Werner von ganzem Herzen – Der Herr Generalkonsul werden seine Freude an ihr haben – Ja, ja!«

Er lächelte, der gute Alte.

Auch der Generalkonsul lächelte jetzt ein ganz klein Wenig.

Und über die Seelen der beiden Alten kam eine friedliche verzeihende Stimmung.

13. Kapitel.

Der Polizeipräsident sagte:

»Sehr gut, lieber Kimbell ... also Sie haben meinem alten Freund Kunzmann die Geschichte schonend beigebracht? ... Uebrigens, unter uns, ich halte den Assessor nicht für den Täter.«

»Ich auch nicht ... Die neue Spur, die ich entdeckt habe, bestätigt meine Annahme – Hier sehen Sie, Herr Präsident – –«

Der Detektiv zog ein paar kleine weiße Damenhandschuhe aus der Brieftasche und wendete den einen Handschuh um:

»Der Handschuh ist chemisch gereinigt – da steht die Nummer, die die Waschanstalt hineingeschrieben. Ich bin im Begriff, diese Waschanstalt ausfindig zu machen. Wenn ich soweit bin, werde ich weitersehen und die Besitzerin der Handschuhe wissen – –«

»Famos! – – Es wäre mir jedenfalls auch persönlich sehr angenehm, wenn wir den lästigen Verdacht, der auf dem Assessor ruht, aus der Welt schaffen können. – Eine peinliche Affäre, die meinen alten Freund Kunzmann das Leben kosten kann – – Na, über die kleine Entgleisung damals, die sich der junge Mann geleistet hat, ist ja Gott sei Dank Gras gewachsen.«

Der Detektiv Kimbell nickte bestätigend mit dem Kopf und erwiderte:

»Wenn der alte Sandhofer nicht plaudert, erfährt keine Katze davon – –«

»Uebrigens gratuliere ich Ihnen noch zu der vorzüglichen Rolle, die Sie da durchgeführt haben – als Doktor Winninger gelang es Ihnen, den alten Kassenboten auszuforschen?«

Der Detektiv verbeugte sich geschmeichelt.

Der Präsident fuhr fort:

»Aeh – ja – wissen Sie, man hat mir erzählt, daß der Assessor Kunzmann ein verteufeltes Glück im Klub gehabt hat– – – Apropos Viktoria-Klub! Wir haben da eine Mitteilung aus Budapest bekommen, auf einen berüchtigten Falschspieler Obacht zu geben, der die

Gewohnheit hat, unter einem aristokratischen Namen in den ersten Kreisen der Gesellschaft zu verkehren. Hier sein Signalement und Photo – –«

Der Präsident reichte dem Detektiv ein Aktenbündel herüber.

Kimbell blätterte darin und entnahm das Photo, das er in die Tasche steckte.

»Gehen Sie doch unter irgendeinem Vorwand in den Viktoria-Klub und sehen Sie mal nach, ob der Gentleman vielleicht dort arbeitet – – aber erwischen Sie ihn, bitte, das sind Sie Ihrem und unserem Ruf schuldig!«

Der Präsident war sehr guter Laune und entließ den Detektiv mit gnädigem Lächeln. Er freute sich, daß die ominöse Angelegenheit Werner Kunzmanns Aussicht hatte, im Verborgenen zu bleiben, denn er liebte es nicht, die Hand im Spiel zu haben, wenn in der »Gesellschaft« irgendetwas faul war – – man mußte Rücksichten nehmen. Und es war nicht nötig, die unteren Klassen auf die Schäden der oberen Zehntausend aufmerksam zu machen ...

Ein neuer Diener stand im Ecartézimmer des Viktoria-Klubs an der Breitseite des langen schmalen Tisches, den Winken der Spieler gewärtig. Er notierte die Höhe der Einsätze und schrieb das Kartengeld auf die an der Wand hängende schwarze Tafel.

Das Spiel war im Gang. Aber die Beteiligung noch nicht groß. Man wartete auf den gewohnten Chouetteur, den Bankhalter beim Ecarté, den Baron Ralsky, dessen Kartenglück und forsches Draufgängerspiel ihn in der kurzen Zeit, da er dem Klub angehörte, sprichwörtlich geworden war. Man hielt ihn für den besten Beherrscher des Ecartés, dieses Handspieles, zu dessen Meisterung neben guten Karten auch kühle Berechnung und Ueberlegung gehört. Ecarté ist nicht ein ausgesprochenes Glücksspiel, denn es unterliegt scharfer Kombination und richtiger Beurteilung des Gegenspielers.

Baron Ralsky war zugleich ein glücklicher als auch geschickter Ecartéspieler. Seine Art, die Karte des Gegners zu erraten und sie auszunutzen, erregte Staunen und Verblüffung. Er gewann fast immer und die Spieler, die sich jeden Tag von Neuem schworen, nicht mehr gegen ihn zu setzen, versuchten doch immer wieder ihr

Glück gegen ihn, wie die Motten, die gegen die Flamme fliegen, von der sie wissen, daß es sie unbarmherzig verbrennen wird.

Der neue Klubdiener merkte auf, als der Baron an den Tisch trat.

»Ich bitte die Herren, ihre Sätze zu machen,« sagte der Baron Ralsky. Er sprach bestimmt, sicher, mit leisem fremdländischen Akzent.

Er nahm an der Längsseite des Tisches Platz, an der Wand. Bat die Zuschauer, von seiner Seite sich zu entfernen. Man wußte, daß er es liebte, allein die Sätze zu halten und daß er keinen Berater, wie sonst üblich, neben sich duldete.

Die Spieler setzten auf das in kleine Nummernfelder eingeteilte Brett die Wettbeträge. Der Baron zählte schnell die Anzahl der Chips zusammen.

»12 750 Mark – also ab dafür!«

»Ich bitte um Ruhe!« rief der Spielleiter, da sich die Herren ziemlich laut unterhielten.

»Herr Assessor Kunzmann, darf ich Sie ersuchen, Ihre gewiß sehr interessanten Mitteilungen nach Beendigung der Partie zu machen,« wiederholte der Spielleiter.

Der neue Klubdiener warf einen Blick auf Werner, der lächelnd unter die Gruppe der Zuschauer trat und aufmerksam dem Gang des Spiels folgte.

Die Karten wurden verteilt.

Der Baron schlug den König als Atout um und legte einen Punkt an. Den ersten Gang gewann er ebenfalls mit einem Punkt. Beim zweiten Gang hatte der Gegenspieler einen schweren Stand. Die beteiligten Spieler, die »Ponte«, war sich nicht darüber einig, ob man die Karte in der Autorität, das heißt ohne neue Karten zu kaufen, spielen sollte.

»Was meinen Sie, Kunzmann?« fragte der kleine Rechtsanwalt Müller.

Werner zuckte mit den Schultern.

»Bedaure – ich bin nicht auf dem Brett, meine Herren, ich spiele nicht mit und darf daher nicht beraten – –«

Der Baron saß in gelassener Ruhe an der Wand und schaute eindringlich seine Gegenspieler an.

Der neue Klubdiener beobachtete. Die Herren waren in erregter Debatte. Der Diener drehte sich gegen die schwarze Tafel und zog schnell ein Photo aus der Tasche, auf das er einen flüchtigen Blick warf.

Es stimmte. Der sogenannte Baron Ralsky dort an der Wand war der aus Budapest avisierte Falschspieler.

Aber es war schwer, ihm auf die Schliche zu kommen. Der Detektiv Kimbell dachte, daß beim Ecarté die Möglichkeit des Falschspielens nicht sehr groß wäre. Vielleicht könnte man den höchsten Punkt, den König, im Wege der Volte aufschlagen. Aber Kimbell, der als Klubdiener fungierte, hatte den festen Willen, den Baron auf frischer Tat zu ertappen.

Man entschied sich, zu proponieren, das heißt Karten zu verlangen. Der Baron aber verweigerte das Propos und spielte aus der Hand. Gewann, legte einen weiteren Punkt an.

Man wunderte sich darüber, daß der Baron mit seiner verhältnismäßig schlechten Karte den Punkt gewinnen konnte.

»Ein Reißer, der Herr Baron,« sagte Rechtsanwalt Müller, »er wagt die ganze Miete –«

Der Baron gewann die Partie und zog das Geld ein.

Der Detektiv stand auf seinem Posten und konnte nicht auf den Trick kommen, den der Baron anwendete, um seine Spiele mit Sicherheit zu gewinnen. Er beobachtete ihn scharf, er rief sich alle Schliche ins Gedächtnis zurück, die beim Falschspielen beobachtet worden waren, aber dieser Baron mußte ein Erzgauner sein, der ein ganz neues System erfunden hatte.

Werner spielte nicht. Nur ein einziges Mal setzte er 100 Mark. Und diese Partie wurde von der Ponte gewonnen. Werner schien mit großem Interesse das Spiel zu verfolgen und stand dicht hinter dem Stuhl des Gegenspielers.

Kimbell dachte, daß irgendein Zusammenhang vielleicht bestände zwischen dem Baron und einem der Gegenspieler. Aber er hatte die Liste der Mitglieder des Klubs durchgesehen, die alle von einwandfreiem Rufe waren und den ersten Gesellschaftsschichten der Stadt angehörten, über jeden Zweifel erhaben.

Nach einer Stunde hörte der Baron Ralsky auf. Er schickte die Chips zum Einwechseln an die Kasse, steckte die Kassenscheine in seine Brieftasche und empfahl sich mit kühlem Gruß.

Die Spieler waren in deprimierter Stimmung.

»Das geht nun jeden Tag so,« sagte der Rechtsanwalt Müller, »immer dieselbe Ausmistung! ... Na, denn man ran, meine Herrschaften, ich biete 1000 Mark! ...«

Er übernahm den Platz des Barons und das Spiel setzte sich fort.

»Mir setzen Sie nichts an,« jammerte der kleine Mann an der Wand, als das Wettbrett nur sehr mager gepflastert wurde.

»Wenn man in der Brenne gelassen ist ...!« meckerte Direktor Schönhardt, »rufen Sie doch Ralsky, vielleicht gibt er Ihnen was zurück!«

Der neue Klubdiener schrieb den Namen des Rechtsanwalts Müller an die Tafel und notierte das Kartengeld. Dann winkte er einen anderen Diener und ging.

Am Abend berichtete Kimbell dem Polizeipräsidenten:

»Der Falschspieler nennt sich Baron Ralsky. Ich habe ihn beobachtet, aber bin noch nicht hinter seinen Trick gekommen. Als er den Klub verließ, fuhr er direkt in seine Wohnung ...«

»Na und weiter – – ist das Alles?« fragte der Präsident.

Zögernd setzte Kimbell fort:

»Eine halbe Stunde, nachdem der Baron zu Hause angekommen, hielt ein Auto vor der Haustür des Barons, aus dem der Assessor Kunzmann stieg. Er blieb kurze Zeit oben und kehrte dann mit demselben Auto in den Klub zurück.«

Der Präsident schlug mit der Faust auf den Tisch:

»Donnerwetter! Sollten die Kerls unter einer Decke stehen?«

Kimbell zog die Augenbrauen in die Höhe.

»Ich glaube, jetzt werde ich den Zusammenhang finden,« sagte er.

Der Präsident schien nicht sehr angenehm von Kimbells Entdeckung berührt zu werden.

»Wenn da etwas mit dem jungen Kunzmann nicht stimmen sollte, könnte man den Baron vielleicht lieber sang- und klanglos abschieben – Sie wissen doch, meines Freundes, des Generalkonsuls, wegen ...«

Eine schöne Patsche, in die man durch diesen leichtsinnigen Burschen hineingerät, dachte der Präsident und trommelte nervös mit den Fingern auf dem Tisch.

Dann sagte er laut:

»Ich werde mit dem Generalkonsul sprechen. Er muß seinen Neffen wieder standesgemäß unterhalten, damit die Dummheiten aufhören ... Mit diesem sogenannten Baron werden wir ein Wörtchen unter vier Augen sprechen und ihn über die Grenze spedieren – – – «

14. Kapitel.

Der Ballettmeister klatschte den Takt mit den Händen.

»So ist es recht! – – – Jetzt den Oberkörper neigen!«

Der zierliche Mann machte die Tanzfigur vor und wand sich wie ein Schlänglein um sich selbst. Der grauhaarige Feuerkopf begeisterte sich an seiner Komposition und riß die Schülerin mit sich weg.

Mia folgte mit Eifer den Kommandos. Mit vollendeter Grazie wiegte sie sich in den Hüften, tänzelte auf den Spitzen, sprang in Pirouetten. Der Meister hatte große Freude an ihr und man sah das Interesse für seine schöne und talentvolle Jüngerin aus den immer noch glutvollen Augen des alten Frauenkenners leuchten.

Mia probierte nun schon seit geraumer Zeit ihre neuen Nummern für das nächstjährige Engagement. Die Heirat durfte ihre Künstlerlaufbahn nicht unterbrechen. Sie hatte gleich bei ihrem ersten Auftreten einen rauschenden Erfolg gehabt, so daß die Agenten sich um sie rissen.

Werner war nicht sehr damit einverstanden, seine Frau auf den leichten Brettern des Varietées tanzen zu lassen. Aber Mia duldete in ihrer Kunst keinen Widerspruch und erklärte, sie wollte einen anständigen Beruf, der sie ernährt, nicht ausgeben. Man könnte nie wissen, was einträte. Ihre Unabhängigkeit mußte sie sich bewahren.

»Also nehmen wir noch einmal die Schritte durch – –« sagte der Ballettmeister.

Er wendete sich zum Klavierspieler:

»Bitte, Herr Kullert, nach den ersten 16 Takten ...«

Mia schwebte auf den Spitzen der Schuhe, sie wippte wie ein Schilf im Winde oder sie flog einer Libelle gleich mit ausgestreckten Armen, die Flügel vortäuschten.

»Bravo, bravo!« schrie der Ballettmeister.

Das Telephon gellte mitten in die Musik hinein.

Der Ballettmeister ergriff den Hörer des Apparates, der auf dem Klavier stand.

»Frau Assessor Kunzmann? – – – – Jawohl, die gnädige Frau ist gerade beschäftigt ... Sehr wichtig? – – Warten Sie einen Augenblick!«

Er legte den Hörer hin.

»Man will Dich sprechen, Mia.«

Der alte Ballettmeister war mit allen seinen Jüngern und Jüngerinnen auf vertrautem Fuß.

Mia unterbrach die Uebung und griff zum Hörer.

»Was? Wer ist dort? Die Portierfrau aus unserem Haus in der Pestalozzistraße? ... Was ist denn los, Frau Schulz?«

Sie hörte angestrengt zu.

Plötzlich ließ sie mit einem Schrei den Hörer auf die Gabel fallen.

»Um Gotteswillen – – Schnell, schnell, meinen Mantel!«

Der Ballettmeister und der Klavierspieler sahen sich erstaunt an. Aus Mias Gesicht, dessen liebenswürdige Heiterkeit, mit der sie noch vor einer Minute die beiden alten Künstler entzückt hatte, war jeder Tropfen Blutes gewichen. Mit verstörten Augen blickte sie um sich.

»Schnell, schnell, meinen Mantel!«

Der Ballettmeister wollte einwenden.

»Aber willst Du Dich nicht erst umziehen, Kind!«

Sie war im kurzen Ballettröckchen, das bis zu den Knien reichte, dem Uebungsrock.

Sie winkte mit der Hand ab.

»Nein, nein, es ist höchste Eile – sonst treffe ich ihn nicht mehr lebend an – – Mein Vater ...«

Weiter konnte sie nicht mehr sprechen, sie stürzte aus der Wohnung, nachdem sie in aller Eile den Pelzmantel umgeworfen.

Nach einer Viertelstunde trat sie in das Schlafzimmer ihrer Eltern.

Da lag der alte Sandhofer, still und stumm, seine Hände hatten sich in die Bettdecke gekrampft, sein Gesicht war wächsern, wie eine Totenmaske.

Die Mutter saß am Kopfende des Bettes und weinte still vor sich hin.

Ein Arzt hantierte und schrieb auf einem Zettel ein Rezept aus.

Als Mia eintrat, angstvoll sich im Zimmer umblickend, wollte die Mutter laut losschreien.

Aber der Arzt hob warnend den Finger, flüsterte:

»Stören wir den Kranken nicht – –!«

Mia sah ihn fragend an.

Der Arzt bat sie, mit ihm in das Nebenzimmer zu treten.

Dort sagte er ihr:

»Sie sind die Tochter? ... Ihr Vater hat leider einen schlimmen Schlaganfall erlitten – Es ist wenig Aussicht vorhanden, ihn am Leben zu erhalten – –«

Er zuckte mit den Schultern. Mit dem Ausdruck des berufsmäßigen Mitleids neigte er den Kopf.

»Wenn es schlimmer werden sollte, bitte mich zu rufen!«

Als er gegangen war, kam Frau Schulz, die Portiersfrau, die die ganze Zeit über aus Teilnahme sowohl wie aus Neugier in der Küche geblieben war, ins Zimmer herein, wo Mia, ganz apathisch, noch immer im geschlossenen Pelzmantel auf einem Stuhl hockte und auf die Erde starrte.

Frau Schulz wollte sie trösten und erzählte. Sie berichtete, wie sie plötzlich durch einen Menschenauflauf vor die Tür gelockt wäre. Wie man um jemand herumgestanden hätte, sie habe zuerst nicht erkennen können, wer es gewesen. Denn die Leute hätten sich gedrängt, als wenn ein Pferd gefallen wäre. Sie hätte sich aber durchgequetscht bis in die vorderste Reihe. Da lag nun ihr Mieter, der Herr Sandhofer. Mitten in dem Schneehaufen habe er gelegen, den sie erst heute Morgen zusammengeschippt. Sofort habe sie gesehen, was los war. Der Herr Sandhofer schien ein bißchen zu viel getrunken zu haben – in der letzten Zeit wäre das ja öfters vorgekommen –

Mia blickte die Frau verständnislos an.

Die Gedanken verwickelten sich zu unlösbaren Knoten in ihrem Gehirn.

Ihr Vater ein Säufer, der betrunken wie ein Vagabund nach Haus kommt?

»Er lag nun im Schnee,« fuhr Frau Schulz fort, »es war ein Jammer mit anzusehen – der arme alte Mann, wo er doch sonst so'n propperer Mensch und Beamter gewesen – – Nee, das Unglück bringt die Menschen ganz 'runter!«

Sie wollte noch weiters allgemeine Betrachtungen über Schicksalsfügungen machen, aber sie schwieg, als sie den entsetzten Ausdruck in Mias Augen sah.

»Es hat ihn der Schlag getroffen – – wenn er's man übersteht,« sagte die Schulz, nahm den Schürzenzipfel, wischte eine Träne aus dem linken Auge, womit sie ihren Beileidsbezeugungen vollauf genüge getan zu haben glaubte.

Drinnen im Schlafzimmer hörte man die Mutter laut aufschluchzen. Mia sprang vom Stuhl auf, der Pelzmantel öffnete sich und Frau Schulz sah zu ihrem großen Erstaunen das kurze Ballettröckchen darunter.

Mia stürzte ins Schlafzimmer.

Es war vorbei mit dem alten Sandhofer.

Frau Schulz stand im Türrahmen. Betrachtete neugierig die Szene. Da stand die Mutter und weinte laut und unter Stöhnen. Und die Tochter, die den Mantel abgestreift hatte, lag im Ballettkostüm über das Bett gebeugt und hielt den Kopf ihres toten Vaters in den Händen, lautlos, vor Schmerz stumm geworden.

Frau Schulz dachte, daß das alles sich ansähe, wie im Theater oder im Kino. Und sie machte sich ihre eigenen Ideen über die Zusammenhänge zwischen Wirklichkeit und Vorstellung ...

15. Kapitel.

Der Detektiv Kimbell war in fieberhafter Tätigkeit. Die beiden Affären, mit denen man ihn betraut hatte, zeigten gewisse Berührungspunkte. Außerdem wurde seine Arbeit ungeheuer erschwert durch die Vorschrift des Polizeipräsidenten, äußerste Delikatesse anzuwenden in Anbetracht der hohen gesellschaftlichen Beziehungen des einen Missetäters.

Einer seiner Unterbeamten hatte die Waschanstalt ausfindig gemacht, in der die in dem Weinlokal gefundenen Handschuhe gereinigt worden waren. Die Besitzerin der Handschuhe konnte nicht entdeckt werden, da kein Name angegeben war.

Kimbell begab sich in den Laden in der Kurfürstenstraße, der Filiale der in Frage kommenden Waschanstalt, wo die Handschuhe zur Reinigung übergeben waren. Die Verkäuferin entsann sich auf die Kundin, denn sie erkannte die Handschuhe, die ihr damals sofort aufgefallen waren, weil sie ausländische Fabrikstempel trugen. Ein ganzer Packen solcher Handschuhe wurde von einer tiefschwarzen, sehr eleganten Dame zur Reinigung gebracht und die Verkäuferin erinnerte sich, daß die Dame erwähnt habe, sie wohne in der Nähe im Eden-Hotel und würde die Handschuhe persönlich abholen. Nach der Aussprache zu urteilen, müßte die Dame eine Ungarin gewesen sein.

Der Detektiv bat die Verkäuferin, ihn zum Eden-Hotel zu begleiten und der Portier ließ sich umständlich das Aussehen der Dame beschreiben. Das vorzügliche Gedächtnis und die durch stetige Uebung geschärfte Physiognomik eines Hotelportiers versagt niemals. Es dauerte nicht lange, bis der Portier in seinem Gästebuch auf den Namen der Dame zeigte:

»Frau von Ahazy aus Budapest – abgereist ... nein,« verbesserte er sich, »wohnt jetzt in der Pension Mensdorf, Günzelstraße Nr. 218.«

Der Detektiv bedankte sich und notierte die Adresse.

Am selben Abend saß an der Tafel in der Pension Mensdorf ein Professor Löbel aus Leipzig und führte eine angeregte Unterhaltung mit seiner Nachbarin, der jungen Frau von Uhazy, die mit großem Geist das witzige Geplauder des neuen Tischgastes parierte.

Als aber zum Tee, den man im gemeinschaftlichen Salon dieses vornehmen Pensionates nach dem Abendessen einnahm, wobei auch ein wenig musiziert wurde, der Baron Ralsky erschien, erstaunte Professor Löbel nicht wenig. Er hatte Mühe, unter dem angeklebten Schnurrbart das Lächeln der Befriedigung zu verbergen, denn er sah sich auf dem besten Wege, zwei Fliegen mit einer Klappe zu schlagen.

Der Polizeipräsident, dem Kimbell sofort telephonischen Bericht übermittelte, riet, nicht zu überstürzen. Jeder Skandal sollte vermieden und der Viktoria-Klub bei Leibe nicht kompromittiert werden. Auf jeden Fall möchte Kimbell am nächsten Nachmittag den sogenannten Baron Ralsky aus dem Klub holen, ihn unauffällig verhaften, nachdem seine Komplizin vorher dingfest gemacht.

Kimbell ärgerte sich über seinen Chef. Wer weiß, was bis morgen noch alles geschehen konnte. Jetzt hatte er die Beiden in der Falle und er brauchte nur zuzugreifen. Wenn sie dagegen Wind bekommen, rücken sie ihm aus und er hat dann das Nachsehen.

Am anderen Tage bereitete er die Verhaftung sorgfältig vor. Gegen vier Uhr wollte er im Viktoria-Klub erscheinen.

*

Der Generalkonsul war sehr erschüttert, als er von seinem Diener das traurige Ende des alten Sandhofer hörte.

Diese letzten Tage hatten ihm die Nichtigkeit alles menschlichen Tuns so recht vor Augen geführt. Er durfte nicht Richter sein, wo das Schicksal waltet. Seine Pflicht war es, das bedachte er nun, diesem Schicksal sich nicht entgegen zu stellen, sondern ihm die Wege zu ebnen.

»Ehe es zu spät wird ... hatte der alte Diener Fritz geraten, als er mit seinem Herrn über das grausame Los des Kassenboten sprach, den ein unglücklicher Zufall unverschuldet ins Grab gehetzt hatte.

Ja, ehe es zu spät wäre ...

Der Generalkonsul faßte den Entschluß, sofort daran zu gehen, seinen Neffen zu retten. Aus den Klauen des Spielteufels wollte er ihn ziehen, seiner Frau ein ruhiges Heim und ihm selber einen aussichtsreichen Wirkungskreis schaffen.

Werners Frau?

Der Generalkonsul dachte, daß seine Hoffnungen von seinem einzigen Erben schmählich getäuscht seien. Liddi Leitner wäre eine repräsentative Frau für diesen geworden und der Glanz der Düsseldorfer Großindustriellen hätte auch auf ihn abgestrahlt, obgleich er diese Vergoldung nicht brauchte. Der Generalkonsul galt in der Gesellschaft als reich und man schätzte ihn als vorzügliche Stütze der Hautefinanze. Um so mehr tat es ihm leid, sein großes Vermögen in eine Hand übergehen lassen zu müssen, die ihm zu locker erschien.

Nun noch diese Frau, die Werner ihm anbrachte!

Eine Tänzerin, eine Filmdiva, deren Reize vielleicht stadtbekannt waren und die auf allen Brettern und weißen Wänden der Welt für jedermann sich bloßstellten – – –

Der alte Herr, der auch heute noch Verständnis für Frauen und ihre Schönheit hatte, empfand den sozialen Zwiespalt, der durch den Eintritt dieser Frau in sein Familienleben geschaffen wurde, um so mehr, als er von der traditionellen Korrektheit der verflossenen Gesellschaftsepoche nicht loskommen konnte.

Aber er mußte sich fügen. Das sah er ein. Sonst würde das Unglück sich türmen und ihn selbst unter sich begraben.

So wollte er also selbst den ersten Schritt tun zu der Frau seines Neffen gehen. Wollte sie einladen, zu ihm in sein Haus zu kommen, um sie bei sich als Tochter aufzunehmen.

Es wurde ihm nicht leicht, dem alten Herrn.

Gleich nach dem Frühstück, das er wie gewöhnlich bei Borchardt eingenommen, fuhr er nach dem Westen zur Wohnung Werners. Es war noch immer die kleine möblierte Wohnung, die Werner als Junggeselle innehatte, in der das junge Ehepaar lebte.

Als er klingelte, wußte der Generalkonsul nicht, was er sagen sollte, denn er fürchtete das überaus Peinliche der Situation.

Mia, die ihn in tiefer Trauerkleidung empfing, trat ihm keineswegs überrascht entgegen. Sie drückte ihm herzlich die entgegengestreckte Hand und ein Lächeln dankbarer Genugtuung verklärte ihre Züge.

»Werner ist nicht zu Haus,« sagte sie, einen leichten Seufzer ausstoßend, ... er ist im Klub – – – wie immer um diese Zeit.«

Der Generalkonsul bedauerte es, seinen Neffen nicht anzutreffen. Es wären wichtige Angelegenheiten, die er besprechen müsse.

Sie plauderten jetzt über alle die Dinge, die ihnen beiden am Herzen lagen.

Immer mehr wurde der alte Herr von der liebenswürdigen Anmut der jungen Frau gefangen genommen. Und immer mehr schwanden seine Bedenken dieser »Schwiegertochter« gegenüber. Nun, da der Vater tot war, nahm dieser ja auch das Geheimnis des Diebstahls der beiden Tausendmarkscheine mit sich ins Grab.

Ein großes Hindernis war aus dem Weg geräumt.

Mia ließ Tee servieren und der Generalkonsul war entzückt über die Art, wie sie als kleine Hausfrau sich aufspielte.

»Ich werde also jetzt häufiger das Vergnügen haben, von so reizenden kleinen Händen bedient zu werden?« fragte er schalkhaft, nach Art des Kavalliers der alten Schule, seinen Oberkörper im Sessel vorbeugend.

Der Generalkonsul fühlte sich sehr wohl in der Nähe dieser Frau, von der ein ungemeiner Liebreiz ausströmte. Seine ursprüngliche Unruhe war gewichen. Er sah im Gegenteil eine angenehme Zukunft vor sich und er freute sich, den Rest seines Lebens in Gesellschaft eines so lieblichen Wesens verbringen zu können.

»Allerdings, Frau Mia, die Tanzerei auf der Bühne und das Filmen werden wir aufgeben müssen,« meinte er entschuldigend.

Mia sah ein, daß es für sie, wenn sie im Hause des Generalkonsuls lebte, weiterhin unmöglich wäre, in der Oeffentlichkeit aufzutreten.

Mit einem bedauerlichen Achselzucken stimmte sie zu.

»Wir werden Gelegenheit haben, unsere Kunst in privatem Kreise zu zeigen, kleine Mia – oder aus Wohltätigkeitsveranstaltungen – – damit die Beinchen nicht einrosten!«

Der Generalkonsul lachte.

Er stand auf und zog die Uhr aus der Tasche.

»Es ist 4 Uhr, ich werde jetzt nach dem Viktoria-Klub fahren und unseren ungetreuen Werner holen – – – Warten Sie hier auf mich, Mia, ich bringe den Jungen mit. Heute Abend müßt Ihr bei mir essen, der Fritz freut sich schon darauf ... Und morgen bezieht Ihr in der Villa das obere Stockwerk – – auf baldiges Wiedersehen, kleine Frau!«

Er küßte ihr galant die Fingerspitzen und machte eine steife feierliche Verbeugung. Dann verließ er leichten Schrittes das Zimmer.

16. Kapitel.

Gleich nach dem gemeinschaftlichen Mittagessen hatte man sich im Viktoria-Klub zum Ecarté hingesetzt. Wie gewöhnlich in den letzten Wochen übernahm Baron Ralsky die Chouette, saß mit unerschütterlicher Ruhe auf seinem Platz an der Wand, mischte mit nachlässiger Gleichgültigkeit die Karten, gewann oder verlor, ohne irgendeine Erregung zu verraten.

Immer mehr Spieler traten an den Tisch. Die Einsätze verdoppelten sich, da augenscheinlich die Chancen für die Pointeure »liefen«. Denn der Baron verlor bereits die dritte Partie.

»Gott sei Dank,« sagte der kleine Rechtsanwalt Müller und meckerte wie ein Ziegenbock dabei, »heute haben wir ihn. Endlich kriegt der Baron auch mal 'ne Einspritzung!«

Ralsky verlor die vierte Partie.

Aber er forderte mit Ruhe; nachdem er bezahlt hatte, zum weiteren Spiel auf.

»Ich bitte die Herren, Ihre Sätze zu machen – – – Es geht nichts mehr – – Ab dafür!«

Nichts in seiner Stimme verriet, daß ihn sein Pech irritierte.

Werner trat in das Spielzimmer. Der Baron sah flüchtig von den Karten auf, als er Werners Stimme vernahm, der ziemlich laut einige Herren begrüßte, so daß der Gegenspieler sich unwillig umdrehte.

»Herr Assessor Kunzmann, ich bitte um Ruhe!« bat der Spielleiter höflich.

Werner stellte sich hinter den Stuhl des Spielers und verfolgte die Karten.

Der Baron verlor auch diese fünfte Partie.

Jetzt hatten die Pointeure Mut und »klotzten an«, wie es im Klubjargon heißt. Sie verdoppelten die Einsätze und der Baron zählte eine hohe Summe, als er zur nächsten Partie absagte. Man vermutete den Unglückstag des Barons und wollte die Gelegenheit ausnützen, ihm von dem früher gewonnenen Geld etwas abzunehmen.

Aber diese hohe Partie gewann der Baron. Schnell und sicher gewann er sie.

Der Klubdirektor trat mit einem Gast zu der Spielergruppe. Er stellte den graubärtigen Herrn vor:

»Herr Professor Löbel aus Leipzig!«

Der Baron Ralsky grüßte ihn.

Professor Löbel murmelte:

»Ich hatte schon gestern Abend den Vorzug – – in der Pension Mensdorf!«

Der Baron mischte die Karten.

Eine neue Partie begann.

Der kleine Rechtsanwalt Müller, der soeben einen Tausender verloren hatte, flüsterte seinem Nachbarn, dem Doktor Helfgott, einem in den Sielen des Spiels graugewordenen Kenner des grünen Tuches, ins Ohr, daß es doch geradezu fabelhaft wäre, mit welchen Karten der Baron jetzt die Punkte gewänne.

»Vorhin hatte er viel bessere und verlor – –«

»Vielleicht hat das seine Bedeutung, lieber Rechtsanwalt,« sagte Doktor Helfgott und kniff das eine Auge zu. Dann neigte er sich zu dem viel kleineren Rechtsanwalt nieder und fuhr ganz leise fort:

»Ich beobachte das nun schon seit einigen Tagen – warten Sie ab, vielleicht gelingt es mir heute noch, hinter den Schwindel zu kommen.«

Rechtsanwalt Müller machte ein erstauntes Gesicht.

Doktor Helfgott zog ihn mit sich in das Nebenzimmer.

Dort erklärte er ihm:

»Einer unter den Spielern macht dem Baron Zeichen, verrät ihm unsere Karten, deutet ihm an, ob wir Atouts oder wieviel wir davon haben. Er zeigt ihm an, welche Farbe er halten soll. Also einer ist sozusagen seine Funkenstation – –«

»Das ist ja ausgesprochener Betrug, Doktor!«

Der kleine Rechtsanwalt war außer sich.

»Und bei uns im Viktoria-Klub, im ersten Klub Berlins!«

Doktor Helfgott fuhr fort:

»Ich habe einen ganz bestimmten Verdacht – –«

Der Rechtsanwalt wollte genaueres wissen.

Doktor Helfgott zögerte.

»Ich möchte mich noch nicht darüber auslassen. Aber passen Sie mal auf den Herrn auf, der hinter dem Stuhl des Spielers steht – Es sind ganz bestimmte Zeichen, die von da aus dem Gegenüber gemacht werden: links die Hand auflegen bedeutet »Coeur«, rechts »Pique«, vorn die Hand auf der Krawatte »Treff« und so weiter. Dann einen Finger an die Nase gelegt heißt ein Atout, der »König« wird durch Anfassen des Kragens signalisiert – – – Das habe ich nun schon alles herausbekommen. Ich warte nur auf den Augenblick, wo das Spiel des Barons derart eklatant wird, daß ich eingreifen kann.«

Der kleine Rechtsanwalt blickte den viel größeren Doktor bewundernd an.

»Haben Sie im Anfang bemerkt, wie der Baron verlor? Sein Partner hatte sich heute verspätet – –«

»Sein Partner? ... Doch nicht Assessor Kunzmann?«

Doktor Helfgott nickte.

»Kommen Sie, Rechtsanwalt, wir wollen der Sache heute noch ein Ende machen – es geht nicht, daß wir sowas in unserem Klub dulden –«

»Das ist ein unerhörter Skandal,« sagte der Rechtsanwalt, »man muß es dem Vorstand melden!«

Die beiden Herren begaben sich wieder in das Spielzimmer und stellten sich neben Werner auf. Von Zeit zu Zeit stieß Doktor Helfgott den Rechtsanwalt unauffällig an. Es war augenscheinlich, daß es hier nicht mit rechten Dingen zuging. Der Baron hatte einen Haufen Banknoten neben sich liegen und spielte mit großem Glück.

Der Detektiv Kimbell, der, wieder unter der Maske des Professor Löbel, sich Eintritt in den Klub verschafft hatte, sprach leise mit dem Spielleiter.

»Ich werde warten, bis Ralsky das Spiel beendet hat und ihn erst draußen, wenn er in den Wagen steigen will, verhaften.«

Der Spielleiter sagte, daß der Herr Detektiv sie alle zu großem Dank verpflichte, »wenn er in den Räumen des Klubs jedes Aufsehen vermeide.

Deshalb wartete Kimbell und schaute dem Spiel zu, als wenn er, ein unbeteiligter Gast, daran nicht interessiert wäre.

Doktor Helfgott stand jetzt dicht neben Werner und beobachtete ihn scharf. Helfgott war ein schlanker, hochgewachsener Mann in der Mitte der Vierzig, mit prägnanten Zügen im Lebemannsgesicht, aus seinen etwas hervorquellenden Augen blickte höchste Intelligenz.

Baron Ralsky ließ die Karten abheben.

Doktor Helfgott sagte, als der Baron das abgehobene Häufchen unter das andere schieben wollte:

»Pardon – den linken Packen auf den rechten, Baron – nicht umgekehrt!«

Der Baron machte eine entschuldigende Bemerkung und tat so, wie Helfgott wünschte.

»Unten lag der König« flüsterte Helfgott dem Rechtsanwalt zu, »ich habe es beim Abheben gesehen – den König hätte er von unten herausgezogen – – – das ist ein alter Falschspielertrick!«

Das Spiel begann.

Der Baron schien sichtlich zerstreut. Machte einen Fehler und verlor zwei Punkte.

»Ah – der Generalkonsul beehrt uns auch einmal wieder!« hörte man durch die offene Tür die Stimme des ersten Vorsitzenden, des Kommerzienrats Guterberg.

Einige der Spieler drehten sich um und sahen den Generalkonsul Kunzmann, geleitet von Guterberg, ins Zimmer hineintreten.

Auch Werner hatte sich flüchtig nach seinem Onkel umgesehen.

Der Baron Ralsky hielt einen Augenblick im Spiel inne und blickte zu dem Gegenspieler hinüber, der ihm angeboten hatte, neue Karten zu kaufen.

Nach kurzem Ueberlegen verweigerte der Baron neue Karten und bat, auszuspielen.

Doktor Helfgott war bereit.

Dieses Spiel mußte entscheiden.

Der Baron machte nur zwei Stiche und die Pointeure glaubten schon, ihn gefaßt zu haben.

Doktor Helfgott legte plötzlich seinen langen Arm über den Tisch und faßte mit der Hand in die Karten des Barons.

»Halt!« schrie er.

Der Baron sprang auf.

Im nächsten Augenblick hielt Doktor Helfgott Werner vorn am Rock fest.

»Sie, mein Verehrtester, sind auch gemeint!«

Ein Tumult entstand.

Der Spielleiter wollte vermittelnd dazwischen treten.

Doktor Helfgott sagte mit eiserner Ruhe:

»Hier wird falsch gespielt – – – Herr Assessor Kunzmann hat soeben dem Herrn Baron Ralsky signalisiert, daß wir als fünfte Karte ein kleines Treff haben – Voila!«

Er zeigte das auf den Tisch geworfene Blatt des Barons.

»Hier liegt die Treff Zehn. Kein Mensch kann das Blatt spielen, wenn er nicht genau dasjenige seines Gegners weiß – –«

Alle schrien durcheinander.

Der kleine Rechtsanwalt Müller meckerte im höchsten Diskant:

»Wir haben es schon seit einigen Tagen verfolgt!– – Es ist ein Skandal!«

Der Baron hatte schnell die Banknoten. zusammengerafft und suchte sich einen Weg durch die dichte Gruppe der aufgeregten Spieler zu bahnen. Man machte ihm mit scheuem Widerwillen Platz. Man betrachtete ihn wie einen Aussätzigen, dessen Berührung man vermeiden wollte.

Der Generalkonsul, der mit dem Vorstand des Klubs im Türrahmen des Nebensaales stand, horchte auf. Hatte man nicht den Namen seines Neffen genannt? ...

Er trat näher, wollte erfahren, um was es sich handelte.

Kommerzienrat Guterberg ließ sich berichten.

Doktor Helfgott setzte die Affäre auseinander. Der Generalkonsul hörte zu.

»Was? ... Mein Neffe ein Betrüger? ...«

Er schrie. In diesem Augenblick verließ ihn seine anerzogene Haltung, jede Hemmung versagte.

»Wo ist er?«

Werner war nicht mehr im Spielzimmer.

Man wollte den Generalkonsul die Sympathien zeigen, die man für ihn im Klub hegte. Einer der Herren sagte:

»Schicken Sie ihn ins Ausland – Solche Entgleisung verjährt mit der Zeit!«

Ein Schuß ertönte.

Alle schreckten auf.

Man lief die Freitreppe hinunter.

Ein Page stand schreckensbleich mit aufgerissenem Mund neben dem auf den Teppich hingestreckten Körper Werners, der in der einen Hand noch den Griff des Revolvers krampfhaft umklammerte.

Sanitätsrat Rosenblatt öffnete die Weste Werners, neigte sich über ihn und horchte. Als er sich wieder aufgerichtet, murmelte er:

»Nichts mehr – – – er hat gut getroffen.«

Er zeigte auf ein kleines schwarzes Loch an der Schläfe, aus dem ein paar winzige Blutstropfen sickerten.

Der Generalkonsul blickte stumm vor Schmerz auf die Leiche seines Neffen.

17. Kapitel

Der Baron Ralsky wurde draußen vor der weißen Villa von den wachehaltenden Kriminalbeamten in Empfang genommen. Kimbell hatte in der Garderobe des Klubs schnell seinen falschen Bart abgenommen und geleitete persönlich den Transport des Falschspielers in das Polizeigefängnis.

Inzwischen hatte man auch die Komplizin verhaftet und bei ihr einen Koffer gefunden, in dessen doppeltem Boden man eine große Geldsumme fand. Lauter Bündel frischgedruckter Tausendmarkscheine, und zu 50 000 Mark gepackt, so wie sie aus den Kassen der Reichsbank geliefert werden.

Die Geldtasche des alten Sandhofer war nicht zu entdecken, weder in der Pension Mensdorf noch in der Wohnung des Barons.

Nach den Berichten der ungarischen Polizei war es gelungen, ein gefährliches Hochstaplerpaar endlich festzusetzen, das seit Jahren die Hotels und großen internationalen Klubs der europäischen Großstädte fledderte. Der sogenannte Baron Ralsky war ein ehemaliger Kellner Namens Korwan Ferenz und die sogenannte Frau von Uhazy ein Zimmermädel aus dem Hotel Hungaria in Budapest, Ilkas Ilona.

Fräulein Ilona gab auch bald zu, den Raub an dem Kassenboten mit ihrem Geliebten zusammen begangen zu haben. Sie hätten den Kassenboten bereits mehrere Tage vorher beobachtet und die günstige Gelegenheit natürlich wahrgenommen.

»Wenn er es einem auch so leicht macht!« sagte sie und lächelte dabei.

Allerdings, der Herr, der in der Weinstube ihr Begleiter gewesen und die Tasche geraubt hätte, wäre ein Freund des Korwan Ferenz gewesen. Der hätte seinen Anteil schon längst über die Grenze in Sicherheit gebracht.

Der Polizeipräsident war von der Entwicklung Affäre nicht sehr angenehm berührt. Der Skandal im Viktoria-Klub wurde publik und die Presse beschäftigte sich eingehend mit allen Einzelheiten. Ein Sturm der moralischen Entrüstung fegte wieder einmal durch den Druckerschwärzenwald und alle Philister rümpften die Nase über die Verkommenheit in den oberen Schichten.

Der Polizeipräsident nahm sich vor, in Zukunft mit aller Strenge vorzugehen und keine Ausnahmen zu gestatten. Dann könnte es ihm nicht wieder passieren, daß ein Mitglied jener Gesellschaft, die er zu beschützen sich selbst als heiligste Pflicht vorgeschrieben, ihm in eine solche unangenehme Lage brächte, wie dieser Leichtfuß, der Assessor Kunzmann.

*

Durch die Lichtenthaler Allee in Baden-Baden wandelte ein ungleiches Paar. Eine junge Frau in tiefer Trauer hing im Arm eines weißhaarigen Herrn, der vornübergeneigt mit schweren Schritten dahinschritt. Mia führte den Generalkonsul. Seit dem schweren Schicksalsschlag hatte der alte Mann seine Elastizität verloren. Jäh war sein Leben abgebrochen. Er schleppte den irdischen Teil seines Ichs mühsam dahin und selbst der sonnige Liebreiz Mias konnte ihm nicht mehr seine Lebenskraft wiedergeben.

Zurückgezogen von den Menschen büßte er die Schuld ...

Über tredition

Eigenes Buch veröffentlichen

tredition wurde 2006 in Hamburg gegründet und hat seither mehrere tausend Buchtitel veröffentlicht. Autoren veröffentlichen in wenigen leichten Schritten gedruckte Bücher, e-Books und audio-Books. tredition hat das Ziel, die beste und fairste Veröffentlichungsmöglichkeit für Autoren zu bieten.

tredition wurde mit der Erkenntnis gegründet, dass nur etwa jedes 200. bei Verlagen eingereichte Manuskript veröffentlicht wird. Dabei hat jedes Buch seinen Markt, also seine Leser. tredition sorgt dafür, dass für jedes Buch die Leserschaft auch erreicht wird.

Im einzigartigen Literatur-Netzwerk von tredition bieten zahlreiche Literatur-Partner (das sind Lektoren, Übersetzer, Hörbuchsprecher und Illustratoren) ihre Dienstleistung an, um Manuskripte zu verbessern oder die Vielfalt zu erhöhen. Autoren vereinbaren direkt mit den Literatur-Partnern die Konditionen ihrer Zusammenarbeit und partizipieren gemeinsam am Erfolg des Buches.

Das gesamte Verlagsprogramm von tredition ist bei allen stationären Buchhandlungen und Online-Buchhändlern wie z. B. Amazon erhältlich. e-Books stehen bei den führenden Online-Portalen (z. B. iBookstore von Apple oder Kindle von Amazon) zum Verkauf.

Einfach leicht ein Buch veröffentlichen: **www.tredition.de**

Eigene Buchreihe oder eigenen Verlag gründen

Seit 2009 bietet tredition sein Verlagskonzept auch als sogenanntes "White-Label" an. Das bedeutet, dass andere Unternehmen, Institutionen und Personen risikofrei und unkompliziert selbst zum Herausgeber von Büchern und Buchreihen unter eigener Marke werden können. tredition übernimmt dabei das komplette Herstellungs- und Distributionsrisiko.

Zahlreiche Zeitschriften-, Zeitungs- und Buchverlage, Universitäten, Forschungseinrichtungen u.v.m. nutzen diese Dienstleistung von tredition, um unter eigener Marke ohne Risiko Bücher zu verlegen.

Alle Informationen im Internet: **www.tredition.de/fuer-verlage**

tredition wurde mit mehreren Innovationspreisen ausgezeichnet, u. a. mit dem Webfuture Award und dem Innovationspreis der Buch Digitale.

tredition ist Mitglied im Börsenverein des Deutschen Buchhandels.

Dieses Werk elektronisch lesen

Dieses Werk ist Teil der Gutenberg-DE Edition DVD. Diese enthält das komplette Archiv des Projekt Gutenberg-DE. Die DVD ist im Internet erhältlich auf **http://gutenbergshop.abc.de**

Zeitfracht Medien GmbH
Ferdinand-Jühlke-Straße 7
99095 Erfurt, Deutschland
produktsicherheit@kolibri360.de